このはちゃれんじ!
KONO-CHA!
ルージュ　原作
三田村半月　著
ことみようじ　原画
PARADIGM NOVELS 147

登場人物

乙丸貴英(おとまるたかひで) 妹の記憶を移植して、人造人間・このはを造りあげたマッドな錬金術師。

乙丸このは(おとまる このは) エッチな力がエネルギー源のホムンクルス。明るい性格だが貧乳が悩み。

鶴来千尋(つるぎ ちひろ) このはの後輩。おちびでかわいらしい見た目とは裏腹に、腕っ節は強い。

日御子菜苗(ひのみこ ななえ) このはの従妹にあたる少女。理事長の孫で、学園の女王と呼ばれている。

道法寺織人(どうほうじ おりと) 苑生の養父。貴英と面識があり、彼のことを一方的にライバル視している。

道法寺苑生(どうほうじ そのお) となりのクラスの巨乳転校生。感情の起伏が乏しく、どこかずれている。

目次

プロローグ　翅

窓を開け放てば、クールな夜気が流れてくるだろう。昼の残熱を帯びた初夏の風だ。まだエアコンをつける必要は感じない。

梅雨の季節をなんとかクリアし、暑すぎず寒すぎず、一年のうちで一番過ごしやすく、気持ちのいい季節に入っていた。

おまけに、あと数週間で夏休みだ。血が騒ぎ、勝手に気分も盛り上がる。

直前に控えた期末試験は頭痛の種だが、なにか特別なことがありそうな期待感だけで若い身体《からだ》が昂揚《こうよう》してくる。

「あ……っ」

乙丸《おとまる》このはは、唇を割ろうとする喘《あえ》ぎを押し殺した。ジン、ジン、と身体の一部が疼《うず》いていた。乙女《おとめ》には似つかわしくない官能の疼きだった。

窓を開けられない理由が、これだった。

八畳ほどの空間にベッドとクローゼット、それからあまり活用の跡がない本棚がおさまっている。

飾り物は少ないが、小奇麗《こぎれい》に整頓《せいとん》された室内だった。女の子らしく、お気に入りのヌイグルミがベッド脇《わき》に転がっている。

名前は《ミミたん》――または、《ミミたん壱号《いちごう》》。クマのヌイグルミだが、じつは、ただのヌイグルミではない。

ぺこ、と丸い両耳を閉じ、このはに背中をむけている。

その後ろ姿は、『さあ、俺にかまわず思う存分やらかすがいいさっ』と粋《いき》に宣言しているかのようだった。

「ふ……うっ……あっ」

一人でそんなところをウズウズさせてどうする、と彼女自身も思うが、好きでウズウズさせてるわけじゃない。

いかんともしがたい理由《わけ》がある。

青春のアクシデント。

運命のイタズラ。

そんな言葉では追いつかない。

ある意味、事故そのものだったのだが——。

「あん、くにくにしてる……恥ずかしいよぅ」

ベッドで仰向《あおむ》けになり、赤とピンクでカラーリングされたTシャツを胸元まではだけさせている。ブラはつけていない。包むほどのブツがないとも言う。

下半身にぴったりとフィットしているのは黒のスパッツだった。

半脱ぎになっているのは、そのほうがいやらしいからだ。エッチな感じになり、気分が盛り上がる。

なだらかな二つの丘。ささやかな少女の膨らみだ。コンプレックスの源になっているバストだったが、肉づきの薄いスレンダーな身体によく合っていた。

それぞれの先端で、ぷっくりと尖《とが》っているものがある。薄桃色の乳首だ。羞恥心《しゅうちしん》と快楽で硬くしこっていた。

両手で一つずつつまみ、柔らかく揉み込む。軽く引っぱり、ぴん、と放すと肉の実が震えて切なそうに息づく。

「んんっ」

閉じられた目蓋《まぶた》が、ひく、と動く。

はふ…、と半開きになった唇から甘い吐息が漏れた。

少年のようなショートカットの下で、くりっと瞳《ひとみ》の大きいコケティッシュな顔が、みずからが生んだ官能でうっとりとなる。

未成熟ながら、一人前に感じているようだった。

フェロモンで悩殺するタイプとは対極にいるが、可憐《かれん》な顔だちは美少女と称しても許される範囲だろう。

中性的な小柄のボディは豊満さこそ欠けているが、すべてにバランスよく、それなりに少女らしいラインを描いていた。

スパッツを満たしたヒップがぷりっと魅力的に膨らんでいる。

（わたし、どんどん敏感になってる……どうしよう、まだ処女なのに。このままエスカレートしていったら……わたし、どうなっちゃうんだろう？）

毎日のように感度がよくなっていく肉体を恨めしく思った。それでも、指先の悪戯《いたずら》が止まらない。

半分ヤケになり、すでに開き直っている。これは義務のようなものだ。光熱費や年金や税金を払うようなものだった。

言い訳を並べながら、自分の世界へ没頭していく。どうせなら愉《たの》しんだほうがいい。はじめてしまったからには中断は許されないのだ。

「うふ……ぴりぴりって……きちゃう」

突起のまわりを軽くさすっていく。乳輪は淡く色づき、かすかに隆起している。触れるか触れないかのタッチで乳腺《にゅうせん》を擦《こす》ると、くすぐったいような心地よさがあった。

しばらく焦《じ》らしてから、また乳首を責めはじめた。指の腹でサイドをすりすりと擦り、横から潰《つぶ》したり、陥没させ、ぐりぐりと乳房に押し込んだりする。

「や……あ……やん」

苛《いじ》めるたび、ぞくっ、ぞくっ、と甘美な性感がはしった。蕩《とろ》けるような甘い波だ。その信号はびりびりと背筋を痺《しび》れさせ、脚の付根へと伝わっていく。

両膝《りょうひざ》を擦りあわせ、ぎゅっ、ぎゅっ、と太腿《ふともも》に力を入れる。じゅく、とスパッツの下で濡れてくる感触があった。

頭の片隅でエッチなスイッチが入り、本格的なオナニー・モードへ突入する。いやらしいことしか考えられなくなった。

指先を口に含み、たっぷりと唾液《だえき》をまぶす。

そして、乳首を弄《いじ》った。指が、自分の指ではないようだった。ぬるぬると唾液で滑り、新しい快楽が生まれている。

「ふぅぁぁ」

気持ちよすぎて、肉の突起が溶けてなくなってしまいそうだった。学習の成果だ。毎晩の自慰によって開発した技だった。

艶々《つやつや》と色っぽく濡れ光り、弄られているビジュアルが、またいやらしい。

「気持ちいい、気持ちいいよぅ」

熱っぽい声で、感じていることを確認するように呟《つぶや》く。触覚と視覚と聴覚をフル活用することで、エロなボルテージがいっそうヒートアップしていく。

ズキ、ズキ、と突き上げるような疼きを増していく部分があった。

ごくり、と唾《つば》を嚥下《えんか》した。

そろり、と手をスパッツのほうへと滑らせていく。これからすることへの期待と羞恥が目元を赤く染めさせた。

少しだけ膝を開く。ぴったりと生地が張りついているため、奥で熱く息づいている部分の形がうっすらと浮き出ている。

その表面を縦にそって指先を這《は》わせた。体内から分泌されたものが表面にまで滲《にじ》み出てくるようだった。

「はぅんっ」

触れただけで、ズキン、と反応が返ってきた。

たまらなくなり、スパッツへ手を差し入れた。滑らかな腹部を通過し、我ながら薄いと自覚しているヘアをまさぐる。

一番敏感なところは、その奥にあった。

疼きまくり、ヌルヌルになっていた。はやくやれとせっつき、指先で擦られ、こねられるのを待ちわびていた。

熱く火照ったものが指先に絡みつき、ぴくんっ、と肩が震えた。

（こんなになって……またオフロに入り直さなくちゃ）

一瞬、現実的な思考が頭をよぎるが、すぐにピンクの霧に飲み込まれていった。

ぬぷり、と指が沈み、溝にそって滑っていく。直接粘膜を擦ることで、じわ、じわ、と快楽の波が腰にひろがっていった。

「あっ…あふっ…ん、んんっ」

なんてエッチな声で鳴くんだろう、と自分でも恥ずかしくなる。我慢しなくちゃ、と思いつつも、声がどんどん大きくなっていく。

ナルシスティックな悦《よろこ》びがあった。

溝の奥にある窄《すぼ》まりは、やはり潤っていた。ヌメる指先で入口のまわりを弄っていくと、物欲しげにヒクヒクと蠢《うごめ》くのがわかった。

指を入れるのはためらった。まだ怖いのだ。そのかわり、複雑な起伏をやや手前に戻り、もっとも敏感な突起を探った。

しっかり充血して、薄肉のカバーから頭を覗《のぞ》かせている。皮ごと指でつまむと、突き抜けるような快楽が腰を跳ね上げさせた。

「ひゃ、あぁん」

ぐぐっ、と背中が反り、びくびくと太腿がわななく。

「腰が……動いちゃうぅ」

息を弾《はず》ませながら、両手でスパッツを掴《つか》み、半ばまでずり下ろした。糸を引きそうなほど蜜《みつ》があふれていた。

鼓動にあわせ、欲情の汁を滲ませているところをこねていくと、独立した生き物のように勝手にお尻が動いてしまう。

はだけたままのバストがいやらしさを増幅させている。空いている手で胸を掴み、限界

まで尖った乳首を挟んでくにくにと揉み込んだ。

「あっ、あぁっ、あんっ」

切ないものが胸に満ちてくる。お尻全体に火がつき、疼いているようだった。腰が宙に浮き、まるで見えない異性を挑発するようにして左右へふられた。

「こんなの……こんなのエッチすぎるよぉ」

いつからこうなってしまったのか、と問い詰められれば、さしあたって生まれたときから応《こた》えるしかない。

それが根本的な彼女の不幸を物語っている。

処女なのに、こんなに感じているのが恥ずかしかった。

恥ずかしいけど、気持ちよかった。

じゅく、じゅく、じゅく、と耳を覆いたくなるほど淫《みだ》らな音が響いている。股間《こかん》から漏れた液体はシーツにまで垂れているはずだった。

「だめ、だめ……だめだったらぁ」

本当は普通の女の子として明るく健《すこ》やかな学園生活を送るはずだったのに、どうしてこんな淫靡《いんび》な習慣を身につけなければならないのか？

恨みがましく思いながら、ことの責任者である兄の胡散臭《うさんくさ》いほどに爽《さわ》やかな笑顔が、ふと頭のスクリーンにどアップで映った。

（愛らしさ大爆発の妹キャラであるわたしを、こ、こんなはしたない身体にして、どうお天道様に申し開きしろってんだよーっ）

勢いで、つい愛撫《あいぶ》にも力がこもる。

しまった、と思ったときには遅かった。

ぎゅっ、と太腿を閉じ、手を挟みつける。それでも貪欲《どんよく》な指先はいけないところをえぐりつづけていた。

身体中に、陶然とするほど熱いエネルギーが充満していた。切ない衝動が限度いっぱいまで高まり、少女の秘芯《ひしん》が爆発しそうなほど膨張している。

「なんか……なんか、きちゃうぅぅ」

ズキ、ズキ、ズキ、と疼きが増大した。呼吸が切迫し、それにあわせて手の動きもはやくなっていく。下腹部が、ひく、ひく、と律動的な痙攣《けいれん》を開始した。

身体の奥で、なにかが開くようだった。

頂点が近づいている。背中が熱い。

「あっ、ああっ、あっ、あっ、だ、だめぇぇぇぇっ」

たまりにたまったエネルギーが腰を中心にして爆発した。

背筋にそって熱の塊が急上昇する。視界が白光で染った。腰を突き上げ、がく、がく、がく、と華奢《きゃしゃ》な腰が暴れ狂う。

オルガスムスの愉悦に襲われているのだ。

「あ……あふ」

絶頂感の余韻に身を浸しながら、満腹した猫のように寝返りをうった。

ぷりんとした尻が天井をむく。剥《む》き出しの背中に、なにかが生えていた。蛍光灯の光を反射し、ふわさ、と幻想的にひろがる。

半透明な薄青色に輝く——。

蝶《ちょう》のような、いや、妖精《ようせい》のような——。

それは、美しい二枚の、翅《はね》、であった。

第一章　このはの秘密

その瞬間まで、彼女――乙丸このはは、どこにでもいる普通の女の子だと自分のことを信じきっていた。

生まれつきオッパイが薄いという業病《ごうびょう》には侵されてはいるものの、炊事、洗濯、掃除が大得意、楽天的で元気いっぱいな良妻賢母の第一人者である、と。

子供のころに両親を亡くしたという不幸はあるものの、それは人生のオプションにすぎないと達観していた。

が――。

「このは、君は僕が創造したホムンクルスなんだよ」

てへ、と兄――乙丸貴英《たかひで》は、キラリと怪しげに眼鏡《めがね》を光らせ、含羞《はにか》む少年のように微笑《ほほえ》んだ。

清々《すがすが》しい初夏の朝。リビングでの和気あいあいとした会話。食卓のテーブルには、貴英が用意したという朝食が並んでいる。

フレンチトースト、スクランブルエッグ、アスパラガスとカボチャのサラダ。このはの好物ばかりだった。

(今朝は寝坊しちゃったけど、明日はぜったい自分が作らなくちゃ)

密《ひそ》かに感動の涙をぬぐいながら、そう決心した矢先のことだった。こんな目出度《めでた》い日に、涙は似合わねえや、と。

そう。彼女にとって、それは記念すべき朝になるはずだった。

まず第一に、この街には引っ越してきたばかりで、今日は転校先である青稜学園《せいりょう》への初登校日だった。

第二は、勤めていた会社の辞令で海外へ短期滞在していた兄が戻り、念願の二人暮らしがはじまったことだ。

子供のころから科学者になることを夢見ていた貴英だったが、両親の事故死によってそれを断念し、唯一の肉親である妹の面倒を見るため、普通の会社に就職している。

眼鏡の似合う知的な容貌《ようぼう》で、背はすらっと高く、性格も穏やかで優しい。いつも素敵な笑顔を絶やしたことがなく、思春期の女の子なら誰《だれ》もが憧《あこが》れるであろう自慢の兄だ。

それなのに、恋人を一度もつくったことがないのは、たぶんベタベタと甘えたがりの妹がいたせいと、忙しくてそんな暇すらなかったからだろう。

まだ若いのに、さぞや苦労が多かったであろう、と迷惑かけまくりを自覚している妹としては頭が下がるばかりだった。

だからこそ、この先どんな辛《つら》いことがあっても、せめて兄の前でだけは泣くまい、と彼女は心に誓ったものだった。

それなのに。

よりによって。

「な、なんですと、兄上？　そ、それはいかなる意味にございますするか？」

あまりにも突然の逆カミングアウトに、慌て、驚き、自分のキャラを忘れ去った。

貴英の様子が少し妙であることは、薄々感づいていた。

まず、服装が妙だった。

白衣だ。

一点の染みもない。

だが、学校の化学室ならいざ知らず、一般家庭のホノボノした朝食風景には絶対に、金輪際そぐわない格好だ。

「いつツッコミが入るかとワクワクしていたが……もう僕は限界だよ、マイ・ハニー。君は、このスタイルを見てなんとも思わないのかい？」

「……転職したの、かな？」

「いいや、このはは知らなかっただろうけど、六年前からこれが僕のユニフォームなんだよ。白衣の似合う、とっても素敵なお仕事なのさ」

優しく、甘ったるい口調とは裏腹に、不敵な笑みが唇からこぼれている。政府が許容している《不吉》年間摂取量の百倍以上は軽く放射されていた。
ごく普通の商事会社に就職していたはずだが——果てしなく嫌な予感がして、あえて追

及する気にはなれなかった。

「それから、リビングの様子を見て、驚いたりしなかったかい？　本当は、君が起きる前にカモフラージュしておくつもりだったんだが……ぼくも寝不足だったし、実験の成功に舞い上がって、ついつい忘れてたてね」

「も、模様替え？」

可愛《かわい》らしさを意識し、小首をかしげてみた。

実験…。

あまり追及したくない単語だ。

貴英は、うふふふ、と妖気《ようき》漂う笑いを漏らしながら、首を横にふった。いつもの雰囲気と、あきらかにちがっている。

「まだ頭が覚めていないのかい、愛《いと》しの妹よ？　まあ、生まれたばかりなんだから、しょうがないといえばしょうがないけど、そんなことでは錬金術師対抗ウルトラクイズに参加できないぞ」

心の中で、このはは絶叫に近いツッコミを入れた。

（なぜあえて不可解で、禍々《まがまが》しく、不吉そうな言葉をそこまで並べたて、そして強調するかぁぁぁっ）

横目で、ちら、とリビングの光景を眺める。

一見して用途不明な、ただ確実に真っ当じゃないことだけは保証できる胡散臭《うさんくさ》さ満点の不思議メカで、あたりは埋め尽くされていた。

フラスコやビーカーは化学室でおなじみだとしても、怪しげな金属釜《がま》が、さらに怪しげな容器へとチューブで繋《つな》げられ、盛んに無気味な蒸気を放出している。

ツッコミどころは山ほどあるが、愛のあるホノボノとした会話を少しでも長引かせ、無事に登校するため、言及する気にはならなかった光景だった。

できれば、帰宅するまでにすべて消滅してくれることさえ願っていた。

「さて、以上の点から、なにか思いつくことはないかな？　なんでもいいから、考えついたことを言ってごらん——そのキュートなお口でね」

神は許してくれても、この兄は許すつもりがないらしい。

最後の抵抗として、さりげなく、日常へ回帰を試みた。

「あ、いっけなーい、ごはん冷めちゃうー」

「あ、このは、そこの胡椒《こしょう》を取ってくれる？」

「はーい」

「このトースト、少し焦がしすぎたかな」

「ううん、ぜーんぜんだいじょうぶだよ。でも、明日からはわたしが料理するからね、お兄ちゃん。期待しててて！」

「ああ、このはは料理が上手《うま》いからね、楽しみだよ」

「ふふふ、まっかせてー」

阻害するでもなく、和やかに同調してくる貴英に安心して、ごきゅごきゅとコップに注がれたミルクを飲んだ。

「——で、このはは僕が造ったホムンクルスだってことなんだけど」

ぶっ、と派手に噴き出した。

見事な虹《にじ》がリビングにかかる。

「おやおや」

貴英は怒りもせず、小粋《こいき》にウィンクしてみせた。

「行儀が悪いぞ、お姫さま」

「せっかく現実から目を背けようとしてたのに……」

涙腺《るいせん》からミルクが滲《にじ》みそうなほどむせながら、このはは呟《つぶや》いた。

「現実に背をむけた先には、夢という名の現実がぱっくりと口を開けているものさ。では、新生このはの誕生を祝おうか」

この瞬間、憧れの兄貴像は無残に砕け散った。欺瞞《ぎまん》に欺瞞を重ねていただけに、一気に原子レベルにまで粉砕されていた。

「わぁぁぁん、お兄ちゃんは、健気《けなげ》でいたいけな美少女の妹を邪悪な実験の犠牲者にしちゃう変態のマッド・サイエンティストなんだぁぁぁっ。でもって、変態だから、本来爆乳必至であるはずのわたしをこともあろうか微乳に改造しちゃったんだぁぁぁぁぁっ」

「おや、すっかり理解してくれたものと思ったが――」

ふっ、と貴英はクールに眼鏡を光らせ、白衣を優雅になびかせて立ち上がった。

「まだ事実の誤認がいくつかあるようだね」

「ふえ？」

一抹の望みをたくし、不幸な妹は泣きまねをやめて顔を上げた。

「僕が修めたのは錬金術だから、マッド・サイエンティストではなく、錬金術師……そう、マッド・アルケミストとでも呼んでもらいたいな」

「き、危険性が緩和されてないっ」

衝撃を受けたように、このはの身体《からだ》がのけ反る。

「ふふ、中世において錬金術は、最先端の科学だったのだよ。物理、化学、医学、それらの偉大なる先駆者だったのだ。だから、僕ら錬金術師は、そんな科学の子ってわけだから、ぜんっぜん問題ないはずだよね？」

「な、なぜそこまで間違いだらけの自信がっ」

「ノンノン、間違いの中にこそ真実が潜む……否、過ちこそが真実をつくるのさ。常識では測りきれない叡智《えいち》は、いつの世も神秘のベールで閉ざされているものなのだよ」

貴英が凛々《りり》しげに眼鏡を押し上げると、なぜか反射的にこのはの胸が、きゅううん、と切なくなった。

「それから、妹を実験台にしたわけではなく、さっきも言った通り、君はホムンクルスとして——つまり、人造人間、ぐっと今風に説明するならばレプリカントとして誕生したのだ。ちなみに、貧乳なのは、オリジナルの《このは》を正確にコピーしたせいだよ。力不足で慚愧《ざんき》に堪えないが、その貧乳だけはいかんともしがたかった」

苦悩する科学者のように、貴英は首をふった。

その言葉に、ハッと我に返った。

「ひ、貧乳と連呼すんなーっ。微乳だ、微乳っ。貧しいんじゃなくて、微《かす》かなの、もーっ。微乳は、儚《はかな》さとかワビサビとか、そういった日本的情緒の流れを汲《く》んでるので訂正しないと出るトコ出るぞっ！」

論点が激しくズレている。

我に返りすぎて、さらに一周してしまったらしい。

「なるほど。では、ソレは微乳と心得よう。たしかに出るべきところが出なかったのは、僕の責任でもある」

貴英は重々しく頷《うなず》き、ぐっ、と元気づけるように親指を突き出した。

「なぁに、そこが君のチャーミング・ポイントさ。だから、まったく僕的にはノー・プロブレムだよっ」

「なぁにがノー・プロブレムかぁぁぁぁっ」

錬金術狂いの性格破綻《はたん》者相手に、ついに彼女はブチ切れた。怒りに震える拳《こぶし》を突き出し、威嚇する。もはや猫をかぶっている余裕はない。

「だいたい、いきなりホムンクルスだなんて言われたって信じられるわけないよっ。子供だからってバカにしてんのかーっ」

ようやく最大の問題点へ突入した。

「それは無理もないな。君に与えた記憶はオリジナルのものだから、リアリティがあって当然さ――ただし、君には最近のことでしかないのかもしれないが、現実では六年間のギャップがある」

それは、自分でも時間の跳躍を確認できる、ということだった。

貴英が嘘《うそ》を言っているようには思えなかった。今日、初めて見せる沈痛な顔と口調がそれを証明している。

性格が壊れてはいても、兄は兄だ。

昔から、嘘だけは言わない人だった。

彼女は混乱した。

「ちょ、ちょっと待ってよ。じゃあ……わたしの本物って？」

「《このは》は六年前に事故に遭った……僕が渡米しているあいだのことだよ。報《しら》せを受けたときの気持ちは、今でもよく覚えてる。だから、僕はすぐに会社を辞めて日本に戻り、そして、君を造ったんだ」

結局、六年もかかってしまったけどね、と貴英は哀《かな》しげにむすんだ。

（わたし、なんで事故なんかに……？）

呆然《ぼうぜん》としながらも、必死に思い出そうとした。なぜかそのときの記憶はない。事故によって記憶に後遺症が残っていたのかもしれない。

貴英は、優しい微笑を浮かべながら、みずからの手で再生した妹のほうへ歩み寄っていった。

「多少は記憶の混乱があるだろうけれど、僕たちはたった二人っきりの兄妹だ。きっと上手くやっていけるさ」

「……うん」

肩を抱かれ、しおらしく頷く。

「明けない夜がないように、どんなに深い闇《やみ》でも必ず光明がさす瞬間はやってくるものさ。僕だって、この不幸を無にせぬために、こうしてかつての夢を叶《かな》えたんだからっ」

「……え？　で、でも、お兄ちゃんの夢って」

「そう！　錬金術師さ！」

胸を張り、高らかに貴英は宣言した。

科学者志望というのは、記憶ちがいだったらしい。

「まあ、錬金術師がホムンクルスを造った以上、いろいろ実験せねば嘘というものさ。ましてやそれが自分の妹の記憶を持っていれば、反応もいちいち愉快だろうし――」

ね、と貴英は、悪戯《いたずら》っ子《こ》のように舌を出し、ウィンクしてみせた。

マッドの形容詞に恥じない男だった。

おまけに、いやになるくらい爽《さわ》やかだ。

その仕草に、なぜか、きゅううううん、と胸を締めつけられながらも、彼女は叫ばずにはいられなかった。

「こ、この、ち○かす野郎〜〜〜っ!!」

とても乙女《おとめ》のものとは思えない罵声《ばせい》だ。

そして――これが一週間前のことだった。


【ホムンクルス《哺乳《ほにゅう》類?・妖精《ようせい》科?・ホムンクルス目》】

〈十六世紀のスイスで実在した錬金術師、パラケルススが製作したといわれる人工生命体。錬金術的物質(多くの場合、男子の精液を使用)を蒸溜器《じょうりゅうき》の中に密封して馬糞《ばふん》で四〇日間温めると、透明な人間の形をしたものがあらわれる。これを人の血液で四〇週間育てると

――中略――試験管ベイビーの先駆的存在であるが、空想の産物だとされている〉

これが、このはの現状だった。

(空想じゃないよっ。どっこい生きてるよっ)

変態錬金術師にしっかりと生みだされてしまったのだから、しかたがない。

だが、あんまりといえば、あんまりな運命だった。造られた身体。移植された記憶。彼女固有のものは、なに一つとしてないのだ。

あの気高く優しかった兄が、人生をどこでどう踏み外したら、あんな腐れ外道になってしまうのか？

これについては、貴英からの補足説明があった。

『ああ、僕に関しては、多少いいように調節させてもらったからね。このはにとっての理想的な兄の記憶を、こうチョイチョイ、と』

強制的なインプリンティング――いや、洗脳だ。おそらく、彼にとって都合の悪い想《おも》い出《で》は、いっさい消されているのだろう。

一部の記憶が曖昧《あいまい》なままなのは、そのせいかもしれない。

『同居人同士が仲良くやってゆくには嘘も必要だってことだよ』

人は、それを犯罪行為と呼ぶ。

脳内トリップでもしているかのように異様に晴れ晴れとした顔で、貴英はさらに重大な告白をしていた。

『僕たち、もはや正確には兄妹とはいえないからね、これでもう恋だ愛だと語らうことも自由自在さっ』

なぜか、やたらと兄の仕草にきゅんきゅん痺《しび》れまくると思ったら、この鬼畜は調整ついでに、創造主である貴英を魅力的な異性として感じるような小細工も施してしまったらしい。

記憶をいいように操作したばかりか、身体まで狙《ねら》っている。

人権蹂躙《じゅうりん》もはなはだしい。

『嘘には大きさなんてなく、ただ形だけがあるのみさ』

よくぞ真顔で言い切った。

——とはいえ、だ。

『身体も記憶もこのはのままとはいえ、さすがに前の学校に通うわけにはいかないから、僕がこっちの学校で手続きをしておいた。もちろん、公的機関における君の個人情報は完全に操作したから、安心していい』

操作、というあたり、そこはかとなく非合法な匂《にお》いがプンプンしているが、新しい学校に通えることは彼女にとっても嬉《うれ》しかった。

少なくとも、登校中は貞操の心配をしなくてもいいからだ。

（あれ……？）

このはが身体に異変を感じたのは、担任教師である藤枝《ふじえだ》みすずが担当している現国の授業中だった。

ただし、黒板にはおおらかな人柄が偲《しの》ばれる脱力しきった大文字で、『自習』、と書かれている。

書いた本人は、昨夜の酒でも残っているようなダルい顔で教室に入るなり、教壇に突っ伏して安らかな寝息をたてていた。

しどけない、というよりは、だらしない。ただでさえ眠そうな目は完璧《かんぺき》に閉じられ、ぽってりとした唇からはいぎたなく涎《よだれ》さえ垂れていた。

メイクをきっちりきめて毅然《きぜん》としていれば、全校男子生徒の憧れを独り占めできそうな美人教師なのだが、やる気のなさはバサバサのロングヘアにまで伝染していた。

『アタシ的にはねー、無断欠席以外は、だいたいオッケー』

『可愛い子には優しく、それ以外は知らん』

などという適当かつ投げやりな教育方針を標榜《ひょうぼう》しているため、別の意味での人気者にはなっている。

ただし、まれにみる爆乳の持ち主でもあるため、派手に胸元がゆるんだスーツからこぼれる白い谷間へ昂《たか》ぶる怒張をぶち込みたいと夢想する男子もさぞや多いだろうと推測される。

年齢不詳。噂《うわさ》によれば、みすずの実年齢を調べようとした新聞部の某部員が、そのまま何人も行方知れずになっているという。

まるで歩く都市伝説のような教師だった。

クラスメイトは計三五名。恩師を見習って昼寝をしたり、いつものことだと自習をしたり、隣の者と話し込んだり、ゲーム用のボードをひろげたり、傘張りの内職をはじめたり——生徒たちの反応は様々だった。

どうせ授業をしても、脱線や脱輪があたりまえなので、皆、諦観《ていかん》しきっているのだ。

(なんか……ヤバいよ、これ)

ぶるっ、と震えた。思わず前かがみになる。このはは、ポカポカと身体が火照るのを感じていた。誰かに優しく背中をなでられでもしているように、軽いむず痒《がゆ》さをともなっていくつもの小さな熱源が上下している。

ちり、ちり、と全身の産毛がそそけ立つ。

不快なためではない。好きな人に愛撫《あいぶ》でもされているような、一種の心地よさがあるためだった。

小さな熱源は無数に分裂し、出口を求めてあるポイントへ集結していった。

（嘘だよう……こんなところで……あ、だめだったら）

もじ、と腰を動かした。

うっすらと頬《ほお》を染め、ぎゅっ、と目を閉じる。苦しんでいるようにも、陶然としているようにも見える。

この現象がなにを意味しているのか、彼女にはよくわかっていた。人類の中の異物であるホムンクルス。その事実をまざまざと思い出させる甘い疼《うず》きだ。

（オルゴンが、あ、あそこに…）

解説すると、オルゴンとは、人間が無意識のうちに放出しているエロティックなエネルギーであるらしい。

以下、世界屈指の変態錬金術師、貴英からの説明である。

『僕が応用した精製法でのホムンクルスは、大気中のオルゴン・エネルギーを吸収することによって肉体の維持を可能としている。ただし——定期的に放出しなければ身体を壊しかねないから気をつけようね』

オルゴンの余剰エネルギーは、放出時にさまざまな《しるし》として顕在化する。これは、ホムンクルスの体組織が人よりも妖精に近いもので構成されているためらしい。

彼女の場合、それは翅《はね》だった。

やがてエネルギーが落ちつけば、その《しるし》も消えていく。

問題は、放出の方法だった。

(触りたい……あそこ)

熱源は、少女にとって口にするのも恥ずかしいところへ集中し、大きな塊となって股間《こかん》をあぶっていた。

腰が温かく、お湯に浸かっているようだった。熱がズキズキと甘酸っぱい疼きとともに今度は全身へとひろがっていく。

膝《ひざ》を擦《こす》りあわせ、内腿《うちもも》に力をこめた。

ジワ、奥から滲むものがあった。

息が乱れていく。

オルゴンを放出するには、性的な手段でオルガスムスに達するしかない。

(こんなところで、オナニーなんかできないよぉぉ)

これだけ情報が氾濫《はんらん》している世の中だ。セックスがどういうものであるかは理解してるし、自慰の経験も記憶にないわけじゃない。

だが、それも貴英に操作された記憶かもしれないから油断はできない。

とにかく、身体のため健康のためと言い訳しながら、この世に誕生した夜から決死の覚悟でトホホな自慰ライフに突入している彼女だった。

感度がよすぎるためか、ホムンクルスとしての体質のためか、慣れない手つきで胸をまさぐっているうちに初日からイくことを体験することができた。

頭が真っ白になり、なにも考えられなくなった。

我を忘れて悦楽に酔った。クセになりそうな気持ちよさだった。

赤面しながら、その夜は気絶するようにして眠りについた。

次の日からバストタッチだけでは満足できなくなり、股間を弄《いじ》ったり、技巧を凝らしたり、エロティックな妄想を膨らましたり、みずから興奮するポーズをとりながら快楽にのけ反るようにさえなっていた。

慣れとは恐ろしい。

たった七日間足らずで、すでに申し開きのできないスーパーエロスな女の子になっている自分を発見していた。

処女は処女だが、もはや純情可憐《かれん》な少女とは言えないのかもしれない。

「……ぁっ」

ため息のような、小さな喘《あえ》ぎが漏れた。

太腿に手が触れたせいだ。じり、と指先がスカートの奥へ移動しようとする。絶頂の愉悦を覚えた身体が欲しがっているのだ。

考えてみれば、精力を持て余した少年少女が集う学園は、オルゴンの集積場のようなものだ。転校生として毎日が緊張の連続だったとはいえ、よく今まで平気でいられたものだと思う。

こんなところでうっかり放出してしまえば、《しるし》が背中からニョッキリと生えて人外のものであることが一目でバレてしまう。

それだけは嫌だった。

出生の秘密に愕然《がくぜん》としながらも、すっかり今の生活に馴染《なじ》んでしまっている。本来は、もっと苦悩したり、怒ったり、暴れたり、創造主への反抗を試みたりしてもいいのかもしれない。

が、それも性格に合わず、なによりも面倒だった。

どうせ努力するならば、明るい未来をめざすべきだ。あくまでも前向きなポジティブシンキングが彼女の持ち味なのだ。

だから、普通の女の子として普通に生活することが、今のところは最大の目標なのだった。

(や、やだよぉ……内気で目立たない、少し影があるワケあり美少女が、ところかまわず発情しまくる変態オナニー娘にまで失墜しちゃうようぅぅぅ)

セーラー服のスカートの下にスパッツを常用し、たえず愉快なリアクションをふりまいているせいで、すでにクラスでも愉快な変人キャラクターとして定着していることを本人だけが気づいていない。

(せめてトイレで……あ、だめ……膝がガクガクで、もう立てない)

身体が言うことをきかなくなっている。理性が欲情で蕩《とろ》け、エロティックな妄想が思考を埋め尽くしていく。

敏感な窪《くぼ》みが熱い。スパッツを通し、椅子《いす》が火照った肉を圧迫している。お尻をもぞもぞと蠢《うごめ》かす。わずかに擦れ、甘美な刺激が生まれた。

「……ぅっ」

はっ、はっ、と机に突っ伏し、荒くなっていく呼吸を整えようとする。

(気づかれちゃうよぅ……誰か、気づいちゃうよぅ)

手がこれ以上動かないように、がっ、と太腿に爪《つめ》をたてた。

「はぅ」

逆効果だった。中途半端な痛みが快楽に変換され、ちゅる、とあそこから恥ずかしい汁が漏れるほどの快感を伝えてきたのだ。

「……ぁっ……ぅっ」

声が抑えきれなくなってきた。官能の疼きが耐えられないレベルにまで急上昇する。もう、誰に気づかれてもかまわない。

触れたい、弄りたい、かきまわしたい。

大事なところを掴《つか》んでむにゅむにゅとしたかった。

つつ、と手が動き、破滅へむかって伸びていく。スカートの奥へ。直接弄りはじめれば、もはや後戻りは不可能だった。

そのとき、救世主の声がかかった。

「どしたの、このぴー？　おしっこ？」

日御子《ひのみこ》菜苗《ななえ》だった。


このはは、トイレの個室に運ばれていた。

「菜苗ちゃん……ごめんね」

「別にいいけどさー」

彼女は、乙丸兄妹にとっての従妹にあたる少女だった。父親は年商数百億円を誇る製薬会社の社長という、お金持ちのご令嬢だ。

このはより六つ年下。

現在では同い年であり、同じ教室に通うクラスメイトであり、おまけに学園内でホムンクルス少女の正体を知っている二人のうちの一人だった。

幼なじみだし、本物の《このは》が事故に遭った事実も知っている。元々、誤魔化せる相手ではない。

あと一人とは、青稜学園の理事長、日御子・ウォルト・朔之介《さくのすけ》──つまり、菜苗の祖父だ。貴英がこの学園を選んだ最大の理由がここにある。

存在を信じているかどうかはともかく、ホムンクルスの一人や二人、平然と黙認できるだけの度量がある人物なのだろう。

「こ、こんなこと……ごめんね。ホムンクルスの特徴なんだって……わたし、エッチなことしないと壊れちゃうんだよぅ」

「ふぅん、たっきーも難儀なことするわねー」

《たっきー》とは貴英のことだった。

昔はよく遊んだこともある可憐な少女だったのだが、どこでどうグレてしまったのか、学園内では臆《おく》することなく専横のかぎりを尽している。

絶大な権力と資金力、プラス、神をも畏《おそ》れぬ性格。最強の組みあわせだ。

おかげで、クラスメイトからは、《女帝》、《影の支配者》、《学園のエカテリーナ二世》と数々の称号を欲しいがままにしていた。

「──で、このぴーは人知れず教室で、淫靡《いんび》な肉欲に身悶《みもだ》えていたわけね？　だから、あんな色っぽい顔でハァハァしてたんだ？」

にんまり、と菜苗は邪悪極まりない表情をつくった。少女雑誌のモデルにもなれそうな美貌《びぼう》だけに、妖気漂う微笑も一級品だった。

切れ長の瞳《ひとみ》を細め、上品な形の唇をいかにも意地悪そうにゆがめている。妙な迫力があった。

茶髪でショートのこのはとは対照的に、漆黒《しっこく》のロングヘアを背中に流している。長い前髪を左右にわけ、ヘアピンで止めていた。

「そ、そんな言い方しなくてもー」

顔を真っ赤にさせ、このはは拗《す》ねたように唇を尖《とが》らせた。

洋式の便座に座らされ、スパッツを脱がされていた。股間にあたっていたところが粘つく液体でべっとりと濡れている。

膝を大きく開いていた。切ない吐息を漏らすたび、疼きに突き上げられて、ひくっ、ひくっ、と腰が蠢いている。

さらに意地悪く、菜苗が囁《ささや》いてきた。

「じゃ、どうして欲しいのかなー、このは隊員としてはさ?」

「……意地悪ぅ」

羞《は》じらってうつむくと、菜苗の指先が、そろりと内腿をなで上げた。

「あんっ」

それだけで、くんっ、と腰が跳ね上がった。脚の角度が大きくなる。付根にある肉のスリットが、めらり、と自然にめくれた。

ドキッとするほど赤い粘膜が覗《のぞ》いた。充血して、ヌメヌメと輝いている。そこから垂れた汁がお尻のワレメにまで滴っていた。

「すごいことになってるよね、ここ」

発情した少女を目の前にして、菜苗の声も濡れはじめていた。興奮が伝染したのかもしれない。

このはは腰を揺すり、愛撫を催促した。

「わたし、本当は、こんなじゃないんだよ…？　ほんとに本当だよ…？」

「本当も嘘も、そうしないと壊れちゃうんでしょ？　ま、あたしもこーゆーの嫌いじゃないしねー」

「はやくぅ……菜苗ちゃん、お願い」

小さなころ、おしっこの面倒まで見て上げたことのある女の子にむかって、なんてことを言ってるのか、と自分でも思う。

でも、あの奇麗《きれい》な指に弄られると思うだけで鼓動がはやくなる。期待感だけで疼きが増してくるようだった。

頭がエロ・モードに入っているせいか、いつもより菜苗が魅力的に映っている。自分で慰めるなんてもったいない。

個室に運んでもらったのみならず、中まで引っぱり込んでしまったのはそのせいだ。この従妹《いとこ》に欲情してしまったのだ。

(わたし、レズの気があったのかな……とほほ)

いきなり、はみ出たヒダを指でつままれた。

「はうっ……あっ」

ゆっくりと円を描いてこねまわされる。快楽が、じわ、じわ、とひろがり、ジンジンと奥まで響いてくる。

少女の構造を心得た、巧妙な愛撫だった。

ヌルヌルと指先が溝をすくう。縦に擦られた。上下に往復しながら、徐々に窄《すぼ》まりのほうへと移動してきた。

「へー、まだ処女なんだ……こんなエッチな身体してるのに」

未開通の入口を、菜苗はからかうように弄っていた。たっぷりと潤滑液をまぶし、ヒクヒクと動く感触を愉《たの》しんでいる。

ちょん、と突かれた。

「あぅぅうっ」

穴が、熱い。

中がドロドロになっているのが自分でもわかる。

なにか入れてほしい、と切実に思った。

「菜苗ちゃん……菜苗ちゃん」

「なによー」

「……」

どう哀願していいものか——ためらって沈黙する。潤んだ瞳で菜苗を見つめことしかできなかった。

精いっぱいの意思表示として、秘部を自分から擦りつける。

トイレにいるせいもあるが、いやらしく濡れそぼったところから立ち上る誘惑の匂いが強くなってくるような気がした。

くす、と優しく菜苗は笑った。

「じゃあ、このぴーにサービスしてあげる」

囁き、空いている手でこのはのセーラー服をたくし上げる。ぽろん、とこぼれはしないが、女の子を主張する胸があらわになった。

ぴんっ、と二つの乳首が尖っている。

菜苗も自分の上着をたくし上げた。

ぽろんっ、とこぼれ出た。

（くそうぅっ、六年もの歳月は人をここまで成長させるものなのかぁぁっ）

初めて間近で眺める菜苗の生バストに視線が吸い寄せられてしまう。みすず先生ほど大きくはないが、形の整った美しい乳房だった。

貧弱な我が身が哀《あわ》れだった。

「ほら、こうするとね…」

菜苗は上気した顔で、乳首同士を擦りつけてきた。

「あっ、あんっ」

むに、むに、ぷるっ、尖った肉の芽が触れるたび、電気のようにものが背筋を走り抜けていく。自分で弄るよりも気持ちよかった。

柔らかく、丸い物体がこのはの胸で潰《つぶ》れ、上半身を這《は》いまわった。その性感にうっとりとなり、我を忘れそうになる。

「気持ちいい？」

「う、うん」

「なんか、こっちまでエッチな気分になってきちゃったよ」

菜苗の瞳にも欲情の炎が灯《とも》っていた。

声がドキッとするほど甘く蕩けている。

「このぴーに責任とってもらうからねっ」

菜苗は素早くスカートをめくり、みずからショーツを脱ぎ捨てた。このはを嬲《なぶ》って興奮したのか、生地に生々しい染みがついている。

「はうぅ……な、なにを？」

力が入らない片脚を持ち上げられた。

菜苗が脚を交差させ、互いの濡れそぼったところをぴったりと重ね合わせてきた。ちゅく、と粘膜が密着する。

「はっ、あぅ……菜苗ちゃん」

ちゅく、ちゅく、と敏感なところが擦れあった。

派手な動きこそないが、強烈な性感が下半身から這い上がってくる。

「こ、こんなの、すごすぎるよぉぉっ」

「あっ、うっ、あんっ」

リズミカルに菜苗が腰を揺する。ぐいぐいと圧迫し、ヒダを絡ませ、セクシャルな喘ぎを漏らしながら責めつづけてきた。

次々とあふれてくる潤滑液が快楽を増幅させる。気持ちよすぎて背骨が抜けたような感覚に襲われる。身体中がぐにゃぐにゃだった。

勢いでクリトリスが剥《む》け、直接擦られた。

「ひぁっ」

のけ反り、このはの下半身が暴れる。口中に唾液《だえき》があふれる。唇の端から涎がこぼれていくのも気にならなかった。

「あぅぅっ」

「このぴー、いいよ、このぴー」

菜苗も本気で感じているようだった。同じ気持ちを同じ器官で共有している。そう考えると、よけいに興奮してきた。

切々と喘ぐ表情から、菜苗も照れているのがわかった。悦楽で紅潮した頬が色っぽく、可愛い。

「あ、あひっ、あっ、あっ、あっ」

みるみる昇りつめていくのが自分でもわかった。

卑猥《ひわい》な腰の動きがスピードアップしてくる。

菜苗もオルガスムスが近いのだ。

摩擦音《まさつおん》は、ぐちょぐちょと恥ずかしいほど響いていた。二人とも、すでに羞恥心《しゅうちしん》を感じるほど理性が残っていない。

「菜苗ちゃん、イ、イくよ、イッちゃうよぉぉ」

このはも腰を使った。《しるし》の前兆で背中が焼ける。

もう、気持ちいいことしか考えられない。

菜苗がいやいやと首をふりたくった。

「あっ、だ、だめっ……んっ、んっ、んっ、んんんんんっ」

やがて視界が白熱するほどの絶頂感が襲いかかってきた。

粘液でベチャベチャになったワレメを重ねたまま、がくっ、がくっ、がくっ、と激しく痙攣《けいれん》しながら同時に二人は果てていった。

「ふぅぅっ、ぅぅっ、ぅぅぅぅぅぅんっ」

「あぁぁぁあぁぁぁぁっ」

密着部分から、菜苗の熱い潮《しお》がほとばしった。

第二章　乙丸家の決闘

昔、オムツをかえたこともある女の子に、下の世話をさせてしまった。うじゅうじゅと自己嫌悪に陥るには充分な出来事だ。

後で聞いたことだが、菜苗には過去にレズの経験もあるらしい。

『……まあ、好奇心で一通りやったからねぇ』

こともなげに、アダルト含有率一二〇パーセントな一言。このはの時間が止まっているあいだに世界はかくも劇的な変化を遂げていたのだ。

しかし、落ち込んでばかりはいられない。

今日も地球は時速一六六七キロメートルで自転し、宇宙は膨張をつづけている。いちいちヘコんでいては、健全なオナニー生活——いや、オルゴンの放出作業なんて、やってられない。

『細かいことは　いいじゃないか　だって　人間じゃないんだもの』

などと、相田み〇おばりの踊った文字をノートの隅に書いてしまうホムンクルス少女であった。

なんといっても生まれたばかり。混乱した記憶をかかえ、やや自我分裂の気味はあるものの、心身ともに健康優良児だ。

ホムンクルスとしての視線で眺めれば、毎日は新鮮な出来事の連続だ。世界は光に満ちている。これから彼女だけの本当の想《おも》い出《で》を作っていけばいいのだ。

「ぐおっ」

「なんだ、こいつっ」

「つ、強い……ひぃぃぃぃっ」

気がつくと、柄の悪そうな男たちが三人、薄汚い路地裏に転がっていた。全員、一撃のもとに沈められたのだ。

やったのは、このは——のわけがない。

「だいじょうぶですかー？」

心配そうな高い声が近づいてきた。

ダブついたカラフルなパーカに短パンという軽装の子だった。腰を抜かしてヘナヘナと地面に座り込んでいるこのはに手を差し出す。

（嘘《うそ》！　華奢《きゃしゃ》！　可愛《かわい》い！）

とても他の言葉が思いつかない。

つぶらな瞳《ひとみ》以外、なにもかもが小作りな顔だった。頭の両サイドから垂れ下がったツインテールとひろいおでこが愛らしさを炸裂させている。

細く小柄な身体《からだ》つきを見るかぎり、とても暴漢を三人

もぶちのめした実力者とは信じられない美少女ぶりだった。

握った手も、小さく、ふにふにと柔らかい。

「あ、ありがとー」

謎《なぞ》の美少女は、このはを立ち上がらせ、ぺこりと頭を下げた。

「ごめんなさい」

「はう？」

「だって、お姉さん、この人たちと遊んでたんでしょ？　なのに、ボク一人で遊んじゃって、ごめんなさい」

（ボ、ボク？　性格に天然が入ってる美少女で、しかも一人称がボク？　な、なんてあなどれないキャラっ）

ハッと感心するポイントがずれていることに気づき、ぶんぶんと首をふる。

「ち、ちがうんだよー、この人たちはとっても悪い人なんだよー。だから、わたしは君に助けられて、ありがとー、って言ったんだよー」

「そうなんですか？」

子犬のような仕草で、きょと、と小首をかしげていた。

よくわかっていないらしい。

人込みではぐれた兄を探しながら慣れない街を彷徨《さまよ》い、この裏通りに迷い込んだ。そこで、描写を羞《は》じらってしまうほど典型的な暴漢三人組に退路を断たれ、あわや処女の華を散らされてしまうところだったのだ。

(隠そうとしても隠しきれないわたしの性的魅力が男たちの獣欲に火をつけてしまったのね……ああ、このフェロモン体質が恨めしい)

かなり図々しいことを考えながらも、貞操の危機にはちがいなかった。

もし偶然にもこの美少女が通りかからず、しかも、お嬢ちゃんもいっしょに遊んであげようか、などと男の一人が手を出そうとしなかったら、本当に犯されていたところだ。

後ろから抱きついていた男に突き飛ばされ、尻餅《しりもち》をつくまでに、この華奢な少女は最小限の動きだけであっというまに不埒《ふらち》な連中を片づけてしまっていた。

「やっぱり神さまはいるのねっ。くぅぅう、微乳の神さまありがとー、このわたしを哀《あわ》れに思って、こうして強力な助っ人をつかわしてくださったんだーっ」

「は？」

感涙してひしっと抱きつくと、いよいよ美少女は小首をかしげた。

ついでに胸にスリスリした。感動的なほど、薄い。このはとタイマンを張れるほど、いや、それ以上にボリュームは微《かす》かだった。

微乳は相互扶助であるべきだ。

その理念が、ようやく現実のものになった。さらに最強という要素が新しく加わり、ここに全国に散らばる微乳少女たちの大いなる可能性が一つ提示されたのだ。

感動せずにはいられない。

「お、お武家さまのお名前と通ってる学校名を……拙者《せっしゃ》は乙丸このはと申しまする」

感動しすぎて、よくわからないノリになっている。

動じず、にっこりと天真爛漫《らんまん》に美少女は応《こた》えた。

「鶴来《つるぎ》千尋《ちひろ》──青稜学園の一年です」

「ええっ、そーなの？　わたしの後輩だよ、それっ」

「わあ、そーなんですか？」

「うんっ」

そのとき、ふらりと貴英が小路から姿をあらわした。外出中だというのに、あたりまえのように白衣を着ている。

「妹を助けてくれて、ありがとう。兄である僕からもお礼を言わせてもらうよ」

「あ、いえ…」

「お兄ちゃんっ」

女の子とはいえ、抱きあっている現場を目撃され、慌てて身体を離した。油断できない相手だが、記憶の上では肉親だ。さすがに恥ずかしい。

「無事でよかったね、愛する妹よ」

「ところで——それは、いったい？」

兄の手に握られているものが気になり、妹の顔が強《こわ》ばった。

きらり、と貴英はクールに眼鏡《めがね》を光らせる。

予想された中で、最悪の回答が返ってきた。

「ああ、これかい？　君が大ピンチに陥っているのを見て、慌ててビデオカメラを探しにいったんだけど……うっかり手遅れになるところだったよ。だいじょうぶ、野蛮な男たちの手で鷲掴《わしづか》みにされたいたいけな微乳、しっかとレンズに捉《とら》えさせてもらったよ……いやぁ、本当にまにあってよかった。まだ胸のドキドキが止まらない」

いっそ心臓を停止してもらいたい、とこのはは激昂《げっこう》した。

「星となって英霊に詫《わ》びよ〜〜〜っ！」

「ぐほっ」

妹に殴り飛ばされ、貴英は、宙に舞った。

千尋にも負けないクリティカルなパンチだった。

ゲロと鼻血が陽光を浴びてキラキラと光る。

「ふふ……我が屍《しかばね》を越えてゆけ、このはよ」

意味不明な呟《つぶや》きを漏らし、なぜか、その顔は幸福そうだった。

マイペースな性格らしい千尋は、兄妹のささいな争いに興味を示さず、ふと昏倒《こんとう》したま

まの暴漢たちに目をやった。

手加減したから、そろそろ起き上がってもいいはずなのだ。

「？」

彼らの背中に注射器が刺さっているのを見つけた。

抜いてみると、ぷん、と薬品の匂《にお》いがする。

きょとん、と小首をかしげ、白衣の男のほうへ視線をめぐらせた。


休み明けの教室で、このはは怒りのたけを菜苗にぶつけていた。

「ふぅん、それはそれは――」

「ね？　ひどいでしょ？　さいてーでしょ？　妹のレイプシーンを平然とビデオに撮ってたんだよーっ」

「有意義で愉《たの》しそうな日曜の過ごし方ね」

「有意義でも愉しくもないよっ」

喉《のど》も裂けよとばかりに薄幸な少女はわめいた。

レイプ、と聞いて、クラス中の男子が耳をそばだてている。変人だが、あの元気印がチャームポイントの乙丸さんが、レイプ。しかも、ビデオテープに撮られている。聞き逃す手はない。

あられもない妄想が教室に充満していく。

「きっと怪しげなルートを使って売り飛ばすつもりだったんだよー」

売り飛ばす——何名かの男子が財布に手を伸ばした。密《ひそ》かに持ち込んだ携帯マシンでアングラサイトの検索をはじめる奴《やつ》までいる。

「それはないでしょ」

あっさりと菜苗は否定した。

「そ、そうかな？」

「たっきーのことだから、個人的なコレクションにするんじゃなーい？」

「そっちかいっ」

ちっ、と誰《だれ》かの舌打ちが聞こえた。

「でも……そうねー、久しぶりにたっきーと会ってちょっとお話ししておこうかなぁ。いろいろと尋問しておきたいこともあるしねー」

菜苗は、ニヤリと邪悪に笑った。

(その笑みの意味するものはいったいいっ？)

言い知れぬ不安が胸中にひろがっていく。

「はいはい、みなさ～ん、授業をはじめるよ～……面倒だけどさ～」

ぼよん、ぼよん、と胸を揺すりながら、みすず先生が教室に入ってきた。どす、と教壇にフルーティーな巨乳を置き、かったりーな、とボリボリ頭を掻《か》く。

勤労意欲皆無。いつものことだった。

生徒たちは、ぞろぞろと自分の席に着いた。

考えてみれば、引っ越してから、菜苗が家にくるのは初めてのことだ。少なくとも、彼女の記憶の中では——教科書をめくりながら、過去を思い出そうとした。

菜苗は、両親を亡くした直後の乙丸兄妹を、本気で心配してくれた数少ない親類縁者の一人だった。

両親の死後、わずかに残された財産の管理権をめぐって強欲な親戚《しんせき》たちのあいだをたらいまわしにされ、金目のものをすべて奪われていた。

そのあたりの記憶は漠然としている。たぶん、あまりいいことはなかったのだろう。

貴英は、自活できる年齢になると同時に独立し、それ以来、親戚筋とは縁を断って二人っきりでの生活をはじめた。

ただ、菜苗だけは別だった。日御子家に仕えている西泉《にしいずみ》の小父さんといっしょに、よく遊びにきてくれていた。

このはにとって、妹ができたような気分だった。

だから、貴英もそれを喜んでいたはずだ。

三人で仲良く遊び、笑っていた記憶がある——。

優しく、可愛かった菜苗ちゃん。

それなのに、なぜか今の兄は菜苗を敬遠しているようだった。

（どうして？）

六年間の空白。

そこでなにがあったのか？

移植された記憶はどこまで真実を語ってるのか？

このへそ曲がりな従妹《いとこ》が愛《いと》しくてたまらない、と思う瞬間がある。

これは過去の記憶がそう思わせるんだろうか？

それとも、今のこのはが感じてることなのか？

わからないことばかりだった。

（そういえば、菜苗ちゃん、どうして家を出たんだろう？）

ちら、と授業中に堂々と居眠りしている従妹の横顔を盗み見た。

彼女はエスカレーター式の某有名女子校に通っていたはずだった。ワケあって転校し、現在では高級マンションで一人暮らしをしているらしい。

詳しいことは知らないが、実家でもその件をめぐってはひと悶着《もんちゃく》もふた悶着もあったらしい。

知らぬが花——かもしれない。

聞いたとしても、「知りたい？　どーしても？　知ってから後悔しても遅いけど……それでも知りたい？」と異様な迫力のニヤニヤ顔で逆襲され、怖くなって追及する気を挫《くじ》かれてしまうに決まってるのだ。

（ふーんだ、みんな秘密ばーっかり、ふーんだ）

秘密といえば、乙丸家の収入源も最大の謎の一つだった。

さすがに、家計を預かる者として、これは兄に訊《たず》ねてみたことがある。

が、よくぞ聞いたとばかりに怪しげな煙を吐く薬品や奇声を放って暴れるカゴを持ち出されそうになり、このはは泣きながら逃げたことがある。

（う、うん、謎は謎のままでいいんだね……きっと）

その日は、お兄さんのメールアドレスを教えてくれという不審な男子が数人いた以外は、じつは平穏な学園ライフだった。

「さあ、お家に着いたわよ。こーんにーちはー。たっき〜〜っ！　このぴーをいじめてるんですって？　逃げても無駄よ！　大人しく出てきなさーい！」

まるでヤクザの出入りか警察のガサ入れだ。

ダンナ、捜査令状もなしに、そんなご無体な、と抱きつくこのはを引きずって強硬にドカドカと上がり込んでいく。

怪しげな実験器具は、こんなんでマトモな生活ができるか〜、とリビングから貴英の部屋へ残らず移動させたため、いちおう常識的な眺めには戻っていた。

他にも忍者屋敷さながらに錬金術的《ひじょうしき》な仕掛けがそこかしこにあるようだが、通常の生活に支障がないかぎり、あえて黙認しているのが現状だ。

「……やあ、なにか我が家に用でも？」

自室からリビングに出てきた貴英は、かろうじて平静を装っているが、あきらかにビクついているようだった。

（やっぱり！　二人のあいだにはどんな秘密がぁぁ？）

ドキドキしながら成り行きを見守るしかなかった。

「用ならおおありよ。ほら、さっさと白状しなさいっ。このぴーにどれほど切なく淫《みだ》らで恥知らずなハードコア調教を毎晩のようにしているのか、このあたしの前で、いっさいがっさいゲロしまくるのよ！」

いきなりそれかいっ、とこのはは音速を越えるツッコミを放った。越えすぎて、誰の耳にも入らなかった。

「おや？　吐かねばならないことなんて、僕にはなにもないよ？」

わずかに落ち着きを取り戻し、く、と眼鏡を押し上げる。

植えつけられた条件反射で、きゅうぅぅん、と妹の胸が締めつけられる。

「いつまでそうして澄ましていられるかしらね？」

「大した自信だね。それはどこから――」

「西泉っ！」

ばちっ、と菜苗が指を鳴らすと、すっと影のように地味なスーツ姿の男がリビングに入ってきた。

「お呼びでございますか？」

身体つきは屈強そうだが、目が細く、穏やかな若年寄とでもいった風貌《ふうぼう》だ。菜苗の専属執事、西泉俊介《しゅんすけ》だった。

このはは目を白黒させた。

「え？　西泉さん？　今、どっから入ってきたの？　げ、玄関、鍵《かぎ》かけてたはずだよ？それに、下校のときにもいなかったよね？」

「お嬢さまのおられるところ、この西泉、つねに待機しております。お久しぶりでございます、貴英さま、このはさま」

屋敷の警備員も兼ねる日御子家の執事は、生半可な実力でつとまるものではない。彼は月影心眼流《つきかげしんがんりゅう》兵法術拾弐代目《じゅうにだいめ》を襲名し、忍者の心得まであると噂《うわさ》されている一級品の戦闘執事だった。

それを別としても、昔から乙丸兄妹にとっては、もう一人の父親、あるいは兄のように慕っていた存在だった。

　案の定、貴英は困ったように唇を引きむすんだ。

　その昔、サーカスにいったときに、檻《おり》を破って菜苗に襲いかかろうとした虎《とら》を、西泉が鬼のような形相で殴り倒したという武勇伝がある。

　真面目で、温厚で、誰にでも優しいのだが、こと菜苗に敵対する者に関しては、あらゆる情けを捨てられる人だった。

「西泉、あなたの必殺尋問テク……そう、《くすぐり地獄　in　Hell》でたっきーを責め落としなさいっ」

「貴英さま、しばらくのご辛抱を――」

　穏やかな顔に闘気を滲《にじ》ませ、西泉は、ずいっと前に出た。

（なにやる気満々になってんの、西泉さんっ）

　このはは息をのんだ。が、脇腹《わきばら》をくすぐられて悶絶《もんぜつ》する兄の姿もちょっと見たいな、という倒錯した気分もあった。

「……さて、どうしようか。あまり俊介さんに迷惑をかけるつもりはないんだけど」

　すすっ、と貴英は後退する。

「恐れ入ります」

　ずいっ、と西泉が前進――。

壁を背にしてしまい、もう貴英はあとがなくなった。

そして、ニタリ、と微笑《ほほえ》んだ。

「つまり、この試合は乱入アリと理解した。となれば――わははは、蘇《よみがえ》りたまえ、《ミミたん壱号》っ。いよいよ君の出番だっ」

「ミ、ミミミ、ミミたんっ？　お、お兄さま、それだけはぁぁぁ。あの子を出したら、世間体が、常識が、ただでさえ危うい現実との接点がぁぁぁっ」

「わはははははっ、そんな悠長な時はとうに去ったのだよっ！」

まったくもって、その通りだった。

壁の一部が、すーっ、と開く。ぷしゅぅぅぅ、とドライアイスが噴き出し、そこから異形の物体が、ゆらりと出現した。

「――む」

ただならぬ気配を察知し、西泉の顔が緊迫する。四方へ意識を張りめぐらせ、腰を落として猫足立ちのかまえになっていた。

達人としての本能が先に反応したのだ。

出てきたのは、クマ、だった。全長は三〇センチ足らず。卑怯《ひきょう》なほど乙女心《おとめごころ》をくすぐる丸っこい造形。首にまいた真っ赤なスカーフがチャーミングだ。

「やぁぁ～～ん、ヌイグルミが動いてるぅぅ、ちょー可愛いぃぃ～～っ。ねえねえ、たっきーが造ったの？」

菜苗が、両の拳《こぶし》を口元にあてて叫んだ。

《ミミたん壱号》は、その昔、兄に買ってもらった想い出のヌイグルミにすぎなかったが、今では貴英の秘術によってに偽りの命を吹き込まれ、ファンキーな錬金術的生命体となってしまっている。

性格設定の基礎としてオリジナル《このは》の記憶の一部を移植している。本人の説明によれば、世界の営みを終わらせかねない凶悪な《最終兵器》まで内蔵されているらしい。

「さ、ミミ壱号、お客さまがお帰りのようだ。送って差し上げなさい」

「…みみー」

申し訳なさそうに、ぎくしゃくとミミたんは前進した。

「お嬢さま、私の後ろへ」

「え、なんでよ？」

「──危ないっ」

「きゃっ」

愛らしいデザインに似合わず、ミミたん壱号の動きは素早かった。菜苗にまっすぐむかおうとしたところを、西泉の蹴《け》りが迎撃する。

ひらり、と跳んでかわした。

蹴りは木製の椅子《いす》を粉砕したが、それだけでは終わらなかった。稲妻のように軌道を変化させ、ミミたんの動きを追っていく。

「！」

ひゅっ、と鋭い風の音。残像を脚が切り裂く。肉眼では追いきれず、標的の姿が消えたのだ。信じられない機動性だった。

西泉は、すっと目を閉じた。

左後方へ、予備動作抜きのバックハンド！

「ぐっ」

爆発でもしたように、腕が弾《はじ》かれた。

とんっ、とミミたんがテーブルの上に着地した。

時間にして、たった数秒の攻防——。

西泉の唇が、ニッ、と賞賛の笑みを刻む。

「やりますね」

「みみー」「強いな（訳・このは）」

互いの力量を見抜き、めったに出会えない好敵手だと認識した瞬間だった。

こんなシチュエーションでさえなければ、異種同士の壁を越えて、新しい友情が芽生えていたかもしれない。

闘うことを宿命づけられた男たちに、それ以上の言葉はいらない。

壮絶な死闘がはじまった。

（ああ、ミミたんと西泉さんの闘争本能が激バーニング！　っていうか、なぜ平和であるべき一般家庭でリアルファイトが！）

なんとか止めなくちゃ、とこのはは焦った。大好きな二人が、こんな馬鹿《ばか》げたことで争うなんて耐えられない。

「おらおらーっ、西泉、大技いったんさーいっ」

「……菜苗ちゃん、止めようよぉ」

「え？　なんで？」

援助があてにできないことを悟った。

（でも、いつもは侠気《きょうき》にあふれてるミミたんが、創造主とはいえ、お兄ちゃんの命令なんかに従ってるのは絶対おかしいよっ。そ、そうだ。お兄ちゃんのことだから、きっと、また罪深い改造でもしてミミたんを操ってるんじゃゃ――）

ちらっ、と見ると、貴英は口元に近づけた腕時計へ、ぼそぼそとワケのわからない技の名を囁《ささや》いていた。

「壱号、そこで《メルトダウン・アタック》だ」

「やっぱり、貴様かいっ」

「ぐおっ」

乙丸家の歴史に刻まれるであろう名ファイトを終結させたのは、地を這《は》うようなこのはのアッパーカットであった。

（よーし、千尋ちゃんみたいに、わたしも強くならなくちゃっ。やるぞー、《最強！　微乳美少女》伝説よっ）

街で助けてくれた女の子のことを思い出しながら、そう思った。

我が家の平和は自分が護《まも》らなくてはいけないのだ。


――と、そんな決意もどこへやら――。


「ごめんね……ごめんね」

体操服をめくり上げ、中性的な胸についている小粒の乳首を舌先で責めながら、このはは火照った声で謝罪を繰り返していた。

体育の授業中だった。

薄暗く、埃《ほこり》っぽい体育用具室。跳び箱やハードルなどの隙間《すきま》で息を弾《はず》ませ、分厚いマットの上で二つの肢体が妖《あや》しく絡んでいる。

小窓の外は夏らしい光に満ち、コンクリの壁で四方を囲まれた室内はひんやりと涼しかった。

間欠的な喘《あえ》ぎ——ぺちゃ、ぺちゃ、と淫らな舌鼓が響く。

「どうして……こ、このはさん……あっ」

「ごめんね……千尋ちゃん」

組み敷いているのは千尋だった。

突発的なアクシデントがもたらした桃色な展開ではない。むしろ、計画的な犯行だと言ってもいい。

その日、最強美少女としての未来に希望をたくしていた彼女は、鉄棒を相手に四苦八苦していた。運動全般は得意なはずが、これだけは苦手だ。

空気抵抗と重量が少なく、走りや泳ぎには最適な体格だったが、微乳の恩恵も種目によるのだ。

うぐー、うぐぐー、と悪戦苦闘しているうちに、やがて運動の神も憐《あわ》れに思《おぼ》し召《め》したのか、ある生物学的なご褒美をくださった。

さんざん股間《こかん》が擦《こす》れたせいで、甘美な痺《しび》れが襲ってきたのだ。

(神さまのバァカーっ)

菜苗を探したが、運動の類《たぐ》いが大嫌いな従妹は、堂々と授業をサボって影も形も見あたらない。このは、大ピンチ。

いつまでも鉄棒相手に悶《もだ》えてはいられない。砕けかけた腰でかろうじて下り、どこかでオナニーするため避難しようと考えた。

ちょうどそのとき、ヨロヨロと戦線離脱していく彼女を見かけ、同じくグラウンドで体育の授業に出ていた千尋が追いかけてきた。

支えようとした千尋の繊手が腰にまわされた瞬間、このあどけない美少女に欲情してしまったのだ。

（つくづくヨゴレきってしまったわたし……でも、可愛い女の子を誘惑する男の子の気持ちがちょっとだけわかったりして）

このはも必死だった。どう騙《だま》したのかはよく覚えてないが、人の心配を最大限に利用して、千尋を用具室へ引っぱり込むことに成功した。

あとは強引に押し倒すのみ。

レズ行為は菜苗で体験済みだ。微乳は相互扶助。荒ぶるオルゴンで発情しきったホムンクルス少女に怖れるものはない——。

「可愛いよ、千尋ちゃん。乳首をこんなに硬くしちゃって。感じてるの？」

エロいセリフを囁きながら、女の子としては可哀想《かわいそう》なくらい真っ平らな胸を舐《な》めまわしていく。甘酸っぱい汗の味。美少女の匂い。

本当に奇麗《きれい》な乳首だった。唾液《だえき》で濡れ、薄桃色に光っている。敏感に尖《とが》り、もっと舐めてとせがんでいるようだった。

「あっ、くすぐったいですす……やっ」

首をふる可憐《かれん》な仕草。初めてなのか、かすかに身体が震えている。俄然《がぜん》、犯《や》る気が盛り上がっていった。

肌は抜けるように白く、スベスベしていた。うっすらと浮いている華奢な鎖骨。愛しすぎて心臓がバクバクしてきた。

ギラギラと輝く自分の目を意識する。気分はすっかり男だ。興奮であそこが疼《うず》く。

嫌だったら力ずくで逃げればいいのに、千尋も本気で抵抗する様子はない。

(へっへっへっ、上の口はそう言っても、下の口じゃあ……)

喘ぐ美少女の短パンを引き下ろした。なぜかブルマーではなかった。が、ささいなことはすでに眼中にはない。

(あれ?)

一瞬、シラフに戻った。

ぴょんっ、とパンツの中から跳ね上がったものがある。期待にヒクヒクと震える若竹のような屹立《きつりつ》。ぱんぱんに張りつめ、ウィンナのごとくそり返っている。今にも爆発しそうに猛《たけ》りきった——ペニスだった。

初めて間近で見る現物に、このはは驚愕《きょうがく》した。

「お、男の子だったんだ?」

こくこくと千尋が恥ずかしそうに頷《うなず》く。

「あんまり……見つめないでください」

ごきゅ、と唾《つば》を飲み込んだ。見ないでと言われても、じっと凝視してしまう。不思議と嫌悪感はない。千尋のものだからかもしれない。

透明な液体が先端に滲んでいた。性臭と汗。男の子の芳香をかいだとたん、かっと後頭部が熱くなった。

「このはさんっ」

気がつくと、口に含んでいた。自分でも驚くほどためらいはなかった。頭の中にピンクの霧が渦巻いている。

これくらいの衝撃では、もう止まらなくなっているのだ。

(お兄ちゃん、ごめんなさいっ)

なぜかそんな思考が閃《ひらめ》いた。

「き、汚いですよ……んっ」

咥《くわ》えたのはいいが、それからどうしていいのかわからず、千尋の脈動を口中で感じていた。硬く、火傷《やけど》しそうなほど熱い。

男の子のものを口いっぱいに含んでいる。そう考えるだけで、気が遠くなるほどの羞恥《しゅうち》と興奮が襲ってきた。

（どうしたら、千尋ちゃんは気持ちよくなるんだろう？）

乳首のように舐めてみることにした。口から放すと、彼女の唾液でペニスがいやらしく濡れ輝いていた。

キャンディを味わうときの要領で、舌を這わせていく。ぺろり、ぺろり、とぎこちないながらも奉仕を開始した。

「んぁっ…あっ、あっ……ひっ」

女の子のように呻《うめ》き、千尋が細腰をよじった。赤ん坊のように大きく膝《ひざ》をひらき、上体を支えている腕が震えていた。

このはは脚のあいだに顔を埋め、四つん這いで男の子の大事な硬直を頬張《ほおば》り、丹念に味わった。男の子を感じさせている悦《よろこ》びがあった。

ブルマーに手を差し入れ、ぐっしょりと濡れそぼっているはずの股間を探った。

ぬるり、とスリットに指が挟まる。ぷっくらと充血したクリトリスに触れただけで、ズキュッ、と突き抜けるような快感がはしった。

穴が熱くなっている。蜜《みつ》を吐き出している。指先を窄《すぼ》まりの入口へあてがった。なにかを欲しがっているようにヒクヒクと動いていた。

中指を、ぐっ、と食い込ませてみた。柔らかく蕩《とろ》け、一本くらいは入りそうだった。ずる、ずる、と第二関節まで難なく挿入させた。

恍惚《こうこつ》が、お尻をわななかせた。

(今、舐めてるものが……わたしの中に)

その光景を想像しただけで、たまらなくなってきた。

入れてしまいたい。

欲しい…。

男の子の……オ◯ンチンが。

同意するように、きゅうぅ、と膣壁《ちつへき》が指を締めつけた。奥はドロドロになっている。今なら初体験でも痛くないかもしれない。

とろーり、と滴る愛液で、手のひらがベトベトだった。

(欲しいよぉ……切ないよぉ)

すりすりと涎《よだれ》まみれのペニスに頬ずりする。

セックスへの罪悪感は、確実に増していく疼きで霧散しているはずなのに、なにかが実行を妨げていた。

理性ではない。

もっと本能に近い、感情的なブレーキだった。

「オ◯ンチン……欲しいよぉ」

刹那《せつな》的な衝動が、そう口走らせた。

ワレメを弄《いじ》る指先の動きが激しくなっていく。中指が男を知らない膣穴から蜜をかきだし、他の指が器用にクリトリスを擦りたてている。

これほど刺激的なシチュエーションなのに、イけそうでイけなかった。もどかしさだけが募っていく。

ああ、と吐息を漏らし、ブルマーをショーツごと脱ぎ捨てた。お尻が汗と他の体液でべとついている。

千尋の上にまたがった。元気よく跳ねているペニスを掴み、左右に開いているヒダで挟み込むようにした。

みずから貫通する勇気はないが、クリトリスを潰《つぶ》すようにして擦りつけると、それだけでものけ反るほどの性感が生まれた。

「あぅっ……い、いいよぉ……すごいよぉ」

「このはさん、このはさぁん」

下肢を剥《む》き出しにした二人は、素股《すまた》の快楽に酔いしれた。

のしかかったスタイルで、くいっ、くいっ、と丸いお尻を前後に揺すっていく。少女の溝に肉茎を滑らせ、ヌルヌルと摩擦《まさつ》した。

じゅくじゅくと淫らな音が響く。

灼熱《しゃくねつ》のシャフトが粘膜をえぐっている。火照っているのは少女の股間も同じだ。摩擦で燃えてしまいそうだった。

腰の動きが止まらない。

「あぁっ、ボクのが…ズキズキして…破裂しちゃいそうです」

すすり泣くようにして、千尋が身悶えた。

小顔の美少年だけに、本物の少女を犯しているような倒錯した気分になってきた。征服感がいよいよ彼女を昂《たか》ぶらせていく。

平凡な学園内のものとは思えない爛《ただ》れた光景だった。

「そんなに動かれたら、ボ、ボク…」

千尋はしがみつくものを求め、少女の体操服の下から乳房の膨らみをまさぐり、もう片手でお尻の肉を掴んだ。

「あ、やっ、強く握っちゃ…」

お尻に細い指が食い込む感触。痛いほどだった。胸も鷲掴みにされ、屹立した突起ごと揉みしだかれた。

「ああんっ」

突き上げられた。

ぐんっ、と身体が浮き上がる。

意外と力強い動きに、このははペニスをホールドするだけで精いっぱいになった。ずりゅずりゅと下から責めたてられていく。

千尋の逆襲に陶然となった。摩擦部分は彼女が分泌させた粘液でぐしょぐしょになっている。

濃い性臭が漂う。体操服が噴き出た汗を吸い、重くなっていく。顔やお尻の表面にも珠《たま》をむすび、つつー、と滴り落ちていった。

「ふぅぅ、ふぅぅぅっ、んっ、んっ、んあっ」

「あっ……も、もうだめですっ…ボク、もう…もうっ」

リズミカルな運動が、しだいに抑制を失っていく。

充血した肉芽から鋭い快楽が次々と押し寄せ、切実な衝動が急速にひろがっていく。腰全体が巨大な淫部《いんぶ》になったような感覚だ。

「わたしも、わたしも、イきそうだよぅぅ」

「だ、だめ、出ちゃうよぉぉ」

擦りつけてくる肉茎が、また一まわり大きくなった。引いた弓を放つ寸前のように、がちがちに硬くなる。

そのペニスに秘裂を押しつけ、このはのけ反った。

「千尋ちゃんっ、千尋ちゃぁぁんっ」

「このはさぁぁぁんっ」

ぴゅっ、と熱い飛沫《ひまつ》が手のひらで弾ける。

どくっ、どくっ、と痙攣《けいれん》しながらおびただしい汁が放出された。

「んっ、んんんんーっ」

このはも達していた。

「あうっ、あうっ、あああぁぁぁあぁぁっ」

凄《すさ》まじい愉悦に脳を焼かれ、たまりにたまったオルゴンの放出をビリビリと背中に感じていた。

第三章　宿命のライバル出現？

「……朝だぁ」

目が覚めるなり、このはは猛烈な自己嫌悪に襲われていた。昨日の痴態をフルカラーで思い出してしまったからだ。

ああ、回想するだけでもあそこが火照って……ちがう、恥ずかしくて心臓がバクバクと破裂しそうになる。

オルゴンを放出してハッと冷静に戻った彼女は、放心している千尋を用具室に残し、一人で逃亡してしまった。

パニック状態で早退し、勢いあまって家中の掃除までしてしまった。とにかく、身体《からだ》を動かさずにはいられない。

クリーンな環境維持のため、自分が生きている記憶を増やすため、犬が縄張りを確認するがごとく掃除が日課となってしまっている。途中、貴英の部屋で、これ見よがしに放置されている何かの種を見つけ、庭に植えた。

それくらい、混乱してしまったのだ。

最後まで上着は脱がなかったから、翅《はね》を見られずにすんだことだけが救いだった。

(でも、あれじゃあ、ただの痴女じゃないかぁぁぁ。学校にいっても、もう千尋ちゃんとまともに顔をあわせられないよぉぉぉっ)

ホムンクルスの生理現象を説明したとしても、簡単に信じてもらえるとは思えない。なによりも、人間じゃないとカミングアウトすることには、まだまだ抵抗感がある。

そんなことを考えながら、ベッド上でうだうだしていると、赤いほっぺのミミたんが詩でも吟ずるように話しかけてきた。

「みみー、みみみー……みみ［そう。この世があるかぎり巡りくる朝だ。誰《だれ》にでも訪れ、そして、二度とやってくることのない一日のはじまり……さぁ、かけがえのない今日を大切に過ごすために起きてくれ］」

人工生命体同士だからか、記憶の一部を共有しているためか、タイムラグなしでヌイグルミの言葉が理解できてしまう彼女だった。

「ミミたん……いちいち語ることがシブすぎるよ」

この家で信用できる唯一の相手に励まされ、そーだよね、だって地球はまわってるんだもーん、と元気よくパジャマを脱ぎ捨てた。

純情なヌイグルミは、くるっ、とさりげなく背中をむけた。

「ええと、この指示代名詞はね～……ああ、説明めんどくさいなあ……教科書ガイドでも読んどいて～。さぁて、次の一文はぁ、誰かに読んでもらおうかな～」

みすず先生にしては、珍しいほどまともな授業だった。

「先生…」

天衣無縫のゴッドティーチャーにむかって、このはは、恐る恐る挙手した。

「おう。乙丸さん、読みたいかぁ？　よーし、好きにしろ～」

「今、水泳の授業中です……けど」

じわ～、じわ～、とセミが鳴いている。

プールの水面で、陽《ひ》がキラキラと乱反射していた。

水着姿で体育座りしているだけでも、肌に汗が浮いてくる。

爽快《そうかい》に晴れ渡った、瑠璃《るり》色の空――。

隣の四組女子生徒たちと、合同授業の最中だった。

「わかってるよー。生徒だからって、バカにするない」

この暑さでボケて教科書まで持ってきてしまい、せっかくだからと現国の授業をしてみたくなったらしい。

そもそも、体育の担任教師が食あたりで緊急入院しなければ、みすず先生が出張することもなかったのだ。

ぷいっ、とそっぽをむき、教科書をスイカのような胸の谷間へ挟み込んだ。教師にあるまじき超ビキニだからこそ可能な芸当だ。

「あー、じゃあ、泳げー、魚になれー。自習ーっ」

慣れた調子でそう宣言すると、どこから持ってきたのかデッキチェアとビーチパラソルを組み立てはじめる。

まるでバカンスだ。

いつものことだから、生徒たちも動じない。はーい、ほーい、と次々にプールへ飛び込んでいく。男子はグラウンドでひいひいと汗を流しているから、少々は野蛮にふるまっても平気だった。

「ねー、このぴー、四組にも転校生がいるって知ってた？」

「菜苗ちゃん……わたしのオッパイがいくら美しーからって、後ろからモミモミしながら普通に会話しないでくださらないこと？」

「なんだとー、どの胸でそんな図々しいセリフを吐くか、ええ？　このオッパイかぁ、この乳でかぁぁぁっ？」

スクール水着の上から、菜苗が乱暴にこのはのバストを揉みしだく。ぴったりと身体にフィットしているから、発育状態が一目瞭然《りょうぜん》だ。

「あん、許してぇ、わたしが悪うございましたぁぁ」

「わっかればいいのよ」

ふっふっふっ、と意地悪げに菜苗は笑った。耳元にセクシャルな吐息を吹きかけ、揉む手も休めていない。

話題をずらさなければ、と焦った。こんなところで発情したりしたら最悪だ。

「て、転校生ってどの娘《こ》でごじゃりますかな、菜苗さま？」

「ほら、あそこでぼーっとしてる、爆乳ホルスタイン娘よ」

「なに？　ば、爆乳ですと？」

聞き捨てならない単語だった。巨乳、豊乳、爆乳。かねてから乳の不公平是正を叫んでいる彼女にとって、それは憧《あこが》れて止まない魅惑のキーワード群だ。

「うはぁぁぁあっ」

爆乳は、プールサイドに佇《たたず》んでいた。

みすず先生には及ばないものの、もはや同年代という枠をはるかに越えて燦然《さんぜん》と輝く至高の逸品だった。サイズがあっていないのか、今にもスクール水着の胸元がはち切れそうなほど膨張している。

背も高いから、全体的にアンバランスな印象はない。腰はきゅっとくびれ、ヒップがぽんと出た、ほとんど大人顔負けの人間離れしたナイスバディ少女だった。

顔だちは奇麗《きれい》に整い、水に入る気がないのか丸っこい眼鏡《めがね》をかけている。丁寧にくしけずったおかっぱ頭。やや垂れ気味のあどけない瞳《ひとみ》。たしかに、心ここにあらずの印象はあるが、そこがまた魅力になっているようだった。

「名前は、道法寺苑生《どうほうじそのお》。すっごい秀才なんですって。ウチの編入テスト、過去最高の成績だったたって話よ。おまけに身体能力もバッグンで、陸上部の顧問が喜びそうな非公認記録をたくさんもってるらしいわねー」

むぐぐ、と唸《うな》るこのはを嬉《うれ》しそうに眺め、菜苗は説明した。どうやら微乳少女をからかうために調べ上げたものらしい。

「よく知ってるねー、ていうか、立場を不正に利用して調べた？」

「うふふ、ちょっと西泉に命じて、ね」

「くぅぅ、西泉さんも大変だー」

深夜、こっそりと職員室に忍び込む戦闘執事の姿を想像し、このはは同情した。大真面目に仕えているだけあって、悲哀もひとしおだ。

食い入るような視線を感じたのか、苑生がふりむいた。

目があってしまい、ビビった。

(うっ、「微乳の分際で失礼な、下がりおろうっ」、なんて思われたらいやだなぁ)

ぺこり、とお辞儀され、慌てて彼女も頭を下げた。

「な、菜苗ちゃん、大変だよっ。すっごくいい人っぽいよ～。微乳族に優しい巨乳族の人も世の中にはいるんだ～。感動だよ～。異種族間における友好的なファーストコンタクトの記念すべき瞬間ってやつですかぁぁ？」

「……まず、その巨乳のみなさんに対するいわれなき偏見を、はやく払拭《ふっしょく》すべきじゃねーかしら？　あ、どこいくの、このぴー？」

「いやぁ、ちょっと、仲良くなってこようかなぁって」

ととと、と苑生のほうへ小走りで接近していった。

これほど異なった種族の間に真の友好関係は築けるのであろうか？

女子の興味深げな視線が集中していく。

「ど、道法寺さん。わたし、三組の乙丸このはです。よろしくぅ」

爆乳少女は、ちょん、と形のいい自分の唇に人差し指をあて、とくに困ったようでもなく茫洋と応《こた》えた。

「四組の道法寺苑生です。こんにちは——乙丸さん」

すでにどこかで微乳転校生の噂《うわさ》を聞いていたのか、苑生の瞳に、ようやく理解に似た色が浮かんだ。

友達になれそうな手応えを得て、このはは勢いづいた。

「あの、いきなり変なこと言うようでアレだけど……胸、おっきいね？」

「私、大きいのでしょうか？」

不思議そうに、小首をかしげる。

がーん、と微乳少女は衝撃を受けた。

「おっきいよう。わたしなんか、ほらっ」

「ふむ……乙丸さんと比較して、大きいということでしょうか？」

「そ、相対的っていうより、絶対的に大きいんじゃないかな、と」

「それは、人として不自然なほど大きい、ということでしょうか？」

このはははひるんだ。会話としては充分に通じているが、なにかが噛《か》みあっていない、という微妙な違和感があった。

「そそそんなことないよー。すっごく立派な胸ってことだようー」

「ふむふむふむ」

苑生は表情を崩さず、スクール水着のどこに隠していたのか、引っぱり出したメモ帳へなにかを熱心に書き込みはじめた。

今まで無自覚だったのか、大発見でもしたように何度も頷《うなず》いている。悪い人ではないが、あまり感情が表に出ないタイプのようだった。

いまいち会話のリズムが掴《つか》めず、ええい、と思いきって本題へ突入した。

「そのー、道法寺さんってもともと胸がおっきいの？　それとも、こう、なにか秘訣《ひけつ》があるとか？　そうだったら、ちょっと教えてほしいなー、なんて…」

やはり感情に乏しい声で、苑生は、きっぱりと言い切った。

「私、そのように造られましたから」

「え？」

どこか禍々《まがまが》しい予感とともに、違和感が増した。

背中が、ほんわかと温かくなった。

野外プール場を一望できるポイントで、黒ずくめの男がニヤッと笑った。

グラウンド脇《わき》に生えている木の上だ。

くっ、くっ、くっ、と邪悪な笑いが響く。

「――さっそく接触したようだな。このはとか言ったか、あの娘は。ふんっ、あれではどうあがいても苑生にかなうまい。そうともっ。ちがいすぎる性能に愕然《がくぜん》とし、恐怖におののくがいいっ。さあ、貴英よ！　今こそ思い知れ！　貴様が裏切り、見下したものが研いだ、復讐《ふくしゅう》の刃《やいば》の鋭さを！」

芝居がかった仕草で叫び、ふははははははっ、と高らかに哄笑《こうしょう》した。

漆黒《しっこく》の上下に黒マント。おまけにロン毛だ。見ているだけでも暑苦しい。枝の上で脚を踏み鳴らし、脳内麻薬全開のテンションでふんぞり返る。

「おいっ、あそこに覗《のぞ》き魔がいるぞっ」

「なんだとーっ。このクソ暑い日にグラウンドを走らされて、ただでさえ苛々《いらいら》してるってーのに、なんて羨《うらや》ましい！」

「野郎ども、制裁だっ」

「おうっ」

「砲丸部隊、前へ！」

下の騒ぎに気づき、男はオロオロとうろたえまくった。

「ま、待ちたまえ！　わ、私は怪しい者ではない！」

「撃てーっ」

そのとき、ぼきっ、と枝が折れた。

「ひぃぃぃぃぃっ」

漆黒の男は情けない悲鳴とともに落下していった。


「あ……や……んっ」

保健室だった。

先生は外出していて留守だ。清潔なベッドの上で、スリムとグラマラス、対照的な二つの肢体が絡んでいる。

「道法寺さん…」

このはは、潤んだ瞳で、覆いかぶさっている巨乳美少女を見上げた。欲望には抵抗できない。情けないほど胸が高鳴っている。

プールでの授業中、毎度お馴染《なじ》みのオルゴンがたまりきってしまい、いつものように発情してしまったのだ。

ただでさえ布きれ一枚ではしゃぐ少女たちの健康的なエネルギーにさらされていた上に、菜苗からオッパイを揉まれまくったことが致命打だった。

その元凶に急いでヘルプを求めようとしたが、菜苗は芸能人水泳大会よろしく水中でのクラス対抗騎馬戦をおっぱじめてしまい、女の子の水着を剥《む》くのに夢中でぜんぜん気づいてくれなかった。

もし苑生が、先生に生理だと説明して連れ出してくれなかったら——露出プレイに突入して身の破滅を招いていたかもしれない。

「どうして……こんな？」

夢にまで見た巨大な乳が、ぼんっ、と惜しげもなく突き出されている。幻でも蜃気楼《しんきろう》でもない。本物の生乳だ。

このはも制服の上着をめくられ、淡いバストがはだけていた。膝《ひざ》を大胆な角度にひろげられ、苑生のたくましい腰が割り込んでいる。

ショーツは脱がされていた。

無防備な股間《こかん》。密着した感触からして、苑生も剥き出しのようだった。エロすぎるシチュエーションだ。

「はい」

苑生は無表情のまま、こくり、と頷いた。

「え？　ええ？」

「乙丸さんの身体に、オルゴンが過剰蓄積されているのでは、と思いまして」

「緊急事態ということで、放出のお手伝いをいたします」

「な、なんで、わたしのソレを知ってるの？」

正体がバレている。顔から血の気が引いていくのがわかった。

「はい。ご主人さまに教えていただきましたから」

(ご主人さまって、いったいっ⁉)

怪しげなセリフの連打に、このはの思考がかきまわされる。秘処だけが本人の感情を裏切って疼《うず》きつづけていた。

(こんな奇麗な人に？　はたして背景にはどんな淫靡《いんび》な関係が？　ご主人さまって言うくらいだから、あんなことやこんなことや……この立派なオッパイを使って……あぁ、オルゴンのせいでエッチなことしか考えられないよぉ)

混乱し、連想があらぬ方向へと暴走していく。

だが、すぐに考える余裕はなくなった。

苑生が本格的に責めてきたのだ。

「う……う、ううっ」

首筋に吸いつかれた。

唇で柔らかい肌をついばまれ、ちろちろと舌を這《は》わせてくる。猫のような、少しざらついた舌触りが、ぞくぞくと不思議な性感を呼び起した。

指先が、こりっと尖《とが》った胸の実をつまむ。強くもなく、弱くもなく、絶妙な力加減で潰《つぶ》し、揉み込んできた。

きゅっ、きゅっ、とリズミカルに擦《こす》ってくる。

「はっ…あっ…あんっ」

ぴくっ、ぴくっ、と恥ずかしいほどに身体が反応してしまう。

ぺろり、と耳たぶを舐《な》められた。

「やんっ」

耳の穴にまで舌を差し込まれ、このはは妖《あや》しい官能に震えた。苑生も興奮してきているのか、はっ、はっ、とセクシャルな吐息が耳朶《みみたぶ》をくすぐる。

二人の制服と素肌が擦れ、涼しげな塩素の匂《にお》いが立ち上った。急いできたから、プールを出てあまりシャワーを浴びてこなかったのだ。

「乙丸さん、気持ちいいですか？」

「う、うん……うん」

顔を真っ赤にさせ、頷くことしかできない。

覗き込んできた苑生の目元もかすかに紅潮していた。なにを考えているのかわからない神秘的な瞳。そこに邪《よこしま》な意思は感じられなかった。

甘い吐息が交換される。

(悪い人じゃないんだ……きっと)

接触している肌が、熱を帯びはじめていた。

とりあえず、与えられる快楽を信じることにした。

くにっ、と柔ヒダをひらかれた。

「ひあっ」

複雑に折り込まれた粘膜をさぐられた。強引な愛撫《あいぶ》ではない。分泌された蜜《みつ》でヌルヌルと指先が滑り、計算され尽くした精緻《せいち》な動きで確実に快楽を目覚めさせていく。

擦られたポイントから、じわ、じわ、と心地よさが生まれ、エッチな火照りが腰を中心にしてひろがっていった。

ジン…、と敏感な肉芽が勃起《ぼっき》してくるのがわかった。

「あ……だ、だめ、道法寺さんっ」

愛撫が、ぴた、と止まった。

「……ど、どうしたの？」

「だめ、と仰《おっしゃ》いましたので」

「へ？」

「いましがた、乙丸さんが、『だめ』と仰いましたので」

生真面目な表情で、苑生は応えた。怒っている様子はなく、焦《じ》らしたり、からかったりしているようなニュアンスもない。

「えっと、そ、そうじゃなくて、いやっていうか……本当はもっとして欲しいっていうか……そのぉ」

「厳密には拒否の意思表示ではなく、さらに行動を促すための逆説的な言葉だと捉《とら》えていいのでしょうか？」

「……捉えてください」

ふむふむふむ、と組み敷いた格好のまま、苑生はメモをとりはじめた。

受け入れる姿勢のまま、このはは唖然《あぜん》となった。

「では、つづけてもよろしいでしょうか？」

「……お願いします」

彼女のあそこは愛撫の再開を望んで大洪水になっている。顔から火が出るほど恥ずかしかったが、ボディランゲージとしてみずから股間を押しつけた。

はしたない、なんて言っていられない。それほど、身体の奥から突き上げてくる欲求は切実になってきているのだ。

「それでは、失礼いたします」

片方の太腿《ふともも》をかかえなおし、苑生は脚を交差させてきた。ぐいっ、と腰をすすめる。互いの付根が、くちゅ、と触れあった。

すでに菜苗と経験済みの感覚——だが、段違いの一体感があった。

「ふぅっ、ふっ、ふぅっ」

どんなコツがあるのか、律動的に、ジャストのポイントを突いてくる。一時たりとも外してこなかった。

充血した突起と突起が、薄桃色のヒダとヒダが、それぞれ微妙に異なる形状にもかかわらず、ぴったりと密着している。

天才的な腰の動きだった。

「あっ、あぁっ、あっ」

このはは悦楽に上半身をよじり、身悶《みもだ》えることしかできない。

目の前で、豊満な乳房が揺れている。制服の裾《すそ》が上で引っかかって、手で支えていないのに落ちてこない。

微乳では不可能な芸当だった。

このはは、思わず両手で鷲掴《わしづか》みにしていた。十本の指が、むにゅ、と柔らかな肉に埋まってしまう。手にあまる羨ましいサイズだった。

妬《ねた》ましさも手伝って、乱暴に揉みしだいた。

つきたての餅《もち》のように、面白いほど形を変えていく。それでいてしっかりと芯《しん》があり、手を離しても形が崩れることはない。

やや大きめの乳首を指のあいだに挟み、自分が気持ちよかったやり方を思い出しながら揉みたてていった。

「あふ……乙丸さんっ」

ころんと丸く、いよいよ硬く膨らんできた。

(この谷間で窒息できたら本望かも…)

羨望《せんぼう》と欲情の目で眺め、まるで男の子のようなことを考えてしまった。

女の子同士でセックスしてしまうのは、二回目だ。オッパイもあそこも気持ちよかった——が、同時に、どこか物足りない気もしていた。

「いい…いいよ…あ、あ、あああっ」

汗をかいてヌルヌルと肌が滑る感触が心地いい。腹筋がヒクヒクするほど感じ、全身がビンビンになっている。密着したところは二人分の愛液でドロドロだ。

それなのに、最後の最後で達しきれないものがある。

（オナニーに励みすぎて、刺激に慣れちゃったのかなぁ？）

あれほど憧れていた巨乳を鷲掴みにしているのに。

こんなに疼き、痺《しび》れているのに——。

その焦りを読んだかのように、苑生が囁《ささや》いた。

「では、こういうのはどうでしょうか？」

「え、えっ……ひゃんっ」

一瞬、なにをされたのか、理解できなかった。

つん、とお尻の穴を、ゴムのようなものが突っついた。意外な責めから未知の感覚が生まれ、性中枢が陶然となる。局部の摩擦《まさつ》にあわせ、つん、つん、と軽く突き、ぐりぐりと押しつけられた。

「ふっ、ふぅぅんっ」

喘《あえ》ぎながら、このははその正体を探ろうとした。互いの胸を弄《いじ》りまわしているから、こんな変則的な愛撫は実現不可能なはずだった。

苑生の身体に手をまわし、雄大なヒップから、さらに下へ——パタパタとロープのようなものが暴れている。

それは、爆乳少女のお尻から生えているようだった。

「こ、これ、なに？」

「私の《しるし》です」

「……しるし？」

どこかで聞いたような単語だった。

端正な顔を見上げると、気のせいか、猫のような半透明の耳が、おかっぱ頭を突き破って生えていた。

これは——まるで——このはの。

脳裏でなにかが閃《ひらめ》いた。

「あ、あん……だ、だめ……やっ、あっ、あぁぁっ」

胸、あそこ、お尻の三カ所を同時に責められ、不可思議な現象への思考が完全に停止していた。耳もしっぽもどうでもいい。

今の快楽こそが最優先事項だった。

お尻の穴がヒクヒクと喘いでいる。

膣《ちつ》からは次々と蜜が吐き出されていた。

どこもかしこも敏感になり、全身が性器になったような気分だった。お尻を弄られるのがこれほど気持ちいいとは思わなかった。新鮮な刺激に酔いしれる。

快感レベルが急速に上昇していく。

ぐぐっ、としっぽの先がアヌスにめり込む。ヴゥン、ヴゥゥン、とかすかに振動しているようだった。

「ひぅぅぅぅっ、道法寺さんっ、道法寺さぁぁぁぁんっ」

「極めそうなのですか？」

ゆっさゆっさとバストを揺すり、律動的にヒップをふりながら、苑生の声も昂揚《こうよう》していた。

限界までそり返り、釣り上げられた魚のように跳ねまわりながら、このはは喘ぎ、ただ頷くことしかできない。

巧妙な性技のアンサンブルを維持し、苑生の腰がスピードアップした。

追い込まれるようにして、一気に絶頂の階段を駆け上がる。

「ああっ、ああっ、ああああぁぁっ」

快楽信号が背骨を貫き、性中枢を焼ききった。

愉悦が爆発した。

制御不能の痙攣《けいれん》が襲いかかり、視界が白く染め上げられる。

「う、ううう…」

こんなに激しいオルガスムスは初めてだった。

ふっ、と意識が遠のいていく——。

第三章　宿命のライバル出現？

ぼんやりとした意識でたゆたいながら、このはは、夢を見ていた。

どこか懐かしい風が頬《ほお》をなでる。

広大な原っぱだった。

鮮やかな青が目に染みる草むら。

怖いくらいに晴れ渡った空。

他にはなにもない。

そこで、もう一人の《このは》と出会った。

あたりまえの話だが、顔も身体も性格も、なにもかも同じだ。同志ができたようで、嬉しかった。

いろんな話をした。

学園での生活、菜苗のこと、貴英の悪口――。

そして、気がついた。

この《このは》は、六年前から時間が止まっているのだ。つまり、彼女はオリジナルの《このは》だということだった。

驚いたが――目覚めたときには、すべてを忘れ去っていた。

苑生のことを菜苗に話してみる必要があったが、保健室で失神するまでイかされたことが恥ずかしくて、まっすぐ教室へ戻る気にはなれなかった。

よって、学園内に点在しているリラクゼーション・ルームへひとまず避難した。

「うふーっ、ほっほっほっ、美しく清潔なトイレほど快適な空間は、ちょっと他にないいんじゃないかなーっ」

個室で一仕事終え、じゃぱじゃばと洗面所で手を洗いながら、ほっと呟《つぶや》いた。

「うんうん、そうですよね」

「ねー、でも、菜苗ちゃんとかは、なかなかその事実を認めてくれな……え？」

「はい？」

「ちょ、ちょっと、なんで、千尋ちゃんがここにいるのぉぉ？」

いつのまにか、千尋がすぐ隣に立っていた。女子トイレにいても、まったく違和感がない。見事に馴染んでいる。

「こ、ここ、ここは女子トイレでありんすよっ」

「あ、男子トイレに空きがなかったので」

あっけらかん、と千尋は応えた。

彼なりの合理主義を発揮した結果が、これらしい。

「なにかマズいですか？　今まで、ずっとこうしてきたけど、誰にも文句を言われたことはないいんですけど？」

あまりの非常識さに、このはは、ホムンクルスというみずからの非常識さを棚に上げてわめいた。

「そ、そういう問題じゃないでしょーがっ。そんなに女の子っぽいのに、なんで女心がわからんかぁぁぁぁっ」

「それは、人間、姿形が必ずしも内面と直結してないからですよう」

こともなげに返され、ぐわぁぁん、と頭部に衝撃がはしった。

「そ、そっか……人を見た目だけで推し量ってはいけないんだよね……そう、微乳だからって、中身も幼いと判断するのは言語道断なのだっ」

千尋は、くすっ、と笑った。

「でも、嬉しいなぁ」

「え？　なにが？」

「このはさん、ボクを男の子として見てくれてるんですね」

「あ、そうだね。千尋ちゃんは立派な男の子だと思うよっ」

そう応えた直後、このはは自爆を悟った。ぼんっ、と顔が赤くなる。用具室での一件を思い出してしまったのだ。

非常識といえば、あれほど非常識なこともない。いきなり襲いかかった挙げ句に、ろくに言い訳もせず逃げだしたのだから——。

「……あの、ごめんね、千尋ちゃん」

「は？」

「えーっと、そのぉ、怒ってないの？」

「なんですか？」

理由がわからないのか、ちょこん、と千尋は小首をかしげた。

頬が火照り、心臓がバクバクと暴れだすのを感じながら、天真爛漫《らんまん》な視線から顔をそむけてしまった。

「ア、アレだよ、君。なんというか、ホレ、用具室での……ナニのことじゃないか」

ようやく、千尋は思い当たったようだった。

「だって、理由があるんでしょ？」

「ふ、ふえ？」

「…え？　なにか理由があったんじゃないんですか？」

このはは呆然《ぼうぜん》とした。今日は意表を突かれまくりだ。

「ええと、たしかに理由や事情はありまくりなんだけど…」

「じゃあ、ボクが怒ることじゃないですよう。たしかに驚きはしましたけど、お互い気持ちよかったんだし、結果オーライですよっ」

「そ、そういうものなのかな？」

それで済ませてしまっていいのだろうか、と疑問に思う。女子トイレのことも含め、こだわらない性格にもほどがある。

が、ポジティブな千尋の考えに、ホッと安心もしていた。

「でも、事情ってなんなんですか？」

「それはね……話すと長くなるんだけど」

アンニュイに、ため息をついてみせた。できれば巻き込みたくはなかったが、あんな関係になってしまったからにはしょうがないか、と観念したのだ。

千尋は、ひょいと華奢《きゃしゃ》な肩をすくめてみせた。

「話したくなければ、べつにいいですよう」

「え？　知りたくないの？」

「そりゃあ知りたいですよ。でも、誰だって人に話しにくい秘密の一つや二つはあるじゃないですか？」

千尋は、少し寂しげな口調で、そう呟いた。

きっと、そんな秘密が彼にもあるのだろう。

考えてみれば、まだまだお互いに謎《なぞ》だらけだ。

「それに、疑うより信じたほうが楽なときもありますし……ていうか、疑うのってかなりパワーがいるから。信じるぶんには、ほら、それ考えなくてもいいですし」

「合理的なような、捨て鉢なような……微妙だなあ」

「エモーショナルな部分での判断です」

「うーん、気のむくままに、って感じ？」

「はいっ」

千尋は元気よく同意してきた。

外見は女の子っぽいが、意外と内面は男の子なんだなぁ、と彼女は感心していた。いわゆるオカマっぽくはない。ぜんぜんウジウジしてない。潔く、さっぱりした彼の気性は新鮮だった。

ツインテールの髪型も、喧嘩《けんか》に強いところも、なにか理由があるにちがいない。

(教えてくれって言ったら、教えてくれるかな？)

案外、簡単に教えてくれそうな気もしたが、自分も話していないのに聞くわけにはいかなかった。

『――人間、姿形が必ずしも内面と直結してないからですよう』

千尋は、身をもってそれを知っているのだ。

自分はどうだろう、と考えてみた。

《このは》としての記憶とホムンクルスとしての肉体。人間か人造人間かという差異は、男か女かという性差よりも重要なポイントなのだろうか？

問題は、自分らしく生きるにはどうすればいいのか、ということではないのか？

（わたしは……なにがしたいんだろう？　なんのために生まれてきたんだろう？）

少なくとも、兄のオモチャとなるため生まれてきたと考えるのは、あまりにも哀《かな》しすぎる結論だった。

（とりあえず、普通の女の子らしく恋でもしたいなー、っと）

過去の記憶は《このは》のコピーかもしれないが、これからの経験は、間違いなく自分自身のものであるからだ。

気分が軽くなり、美少年と連れ立って女子トイレから出た。

「ねえ、わたしが人間じゃないって言ったら驚く？」

ふふふ、と悪戯《いたずら》っぽく、聞いてみた。

あっさりと千尋は応えた。

「人間じゃなくても、このはさんはこのはさんですよう」

「そうだよねっ」

嬉しくなって、何度も頷いた。

「はい。だから、いつか事情を話してくださいねっ」

「うん。いつか――ね」

無条件で信頼してくれている彼が少し愛《いと》しかった。本当に、千尋にだったら、ホムンクルスであることを告白してもいいんじゃないか、と考える。

いつか、ね。

いい言葉だった。

どこか幸福な響きがある。

だから、もう少しだけ秘密にしていよう、と思った。

階段で別れるとき、最後に千尋が爆弾発言を残した。

「あ、そうだ、このはさんの翅――とっても奇麗でしたよっ」

「えっ？」

愕然とした。用具室から逃げるときに見られていたらしい。

(アレを目撃しといて、なぜ平然としていられるかっ？)

混乱しかけたが、奇麗だと言われ、まんざらホムンクルスも悪くないかな、と考え直した。

「きたきたきた～、この菜苗さまのアンテナがびんびん感じちゃってるわ。かーっ、まったく、挙動と言動が怪しすぎるわ、あの巨乳転校生っ。このぴー、これはもういくっきゃないでしょーっ」

苑生のことを聞いて、案の定、菜苗は興味をそそられたようだった。

「いくって、どこへ？」

わかってはいたが、いちおう聞いてみた。

「バカねー、転校生の家に決まってるじゃない」

「住所、知らないよ」

「あたしを誰だと思ってんの？」

菜苗は、どんっと書類を机の上に置き、堂々とめくりはじめた。西泉に盗ませたと思われる学園関係者の門外不出ファイルだ。

「ええと、この調書によると、道法寺さんは養父の道法寺織人《おりと》氏と二人暮らしだそーよ。このぴーの家庭環境とちょっと似てるわねえ」

「うーん、でも、いきなり特攻するのはどーかと」

「相手は養女に『ご主人さま』と呼ばせるような外道よ。学園理事の孫娘としては、そこに陰謀の匂いを感じないわけにはいかないわ」

うふふふ、と菜苗は不敵に笑った。

「ていうかさー、気になるじゃない？　いったいどんなエロスがあの澄ました顔の裏に隠されているのかっ」

「そ、それは、思いっきり興味本位なのでは？」

誰か暴走するこの従妹《いとこ》を止めてくれないかなー、と聞き耳をたてているであろうクラスメイトたちへふり返った。

誰一人として目をあわせてくれない。

菜苗のテンションは成層圏のかなたへと飛翔していった。

「追うのよ、謎を！　知るのよ、真実を！」


家に戻ると、昨日庭に埋めたばかりの種が、もう実をつけていた。

大小の、毒々しい、ピンク色の物体。ご丁寧に電池までついている。試しにスイッチを入れると、うぃんうぃんうぃん、と素敵な蠕動《ぜんどう》を開始した。

怪しげな大人のお店にでもいかなければ、売っていないような品物——電動バイブとローターの実だった。

貴英がわざわざ開発した品種なのであろう。

邪悪な意図はあきらかだ。

「だ、誰のせいで、こんな身体になったと思ってんだっ、ふにゃ○ん野郎ぉぉぉぉ！」

金属バットを片手に、兄の部屋へ怒鳴り込んだ。

第四章　悩める創造主

土曜日の午後、二人で道法寺邸へと乗り込んだ。

西洋風の館だった。木と紙による伝統的な日本家屋ではない。庶民派のこのはから見れば、まさしく豪邸といった感じだ。

これでもかというほど広大な敷地内に、どどんっ、とレンガ造りの三階建てがふんぞり返っている。

「いらっしゃいませ、乙丸さん、日御子さん」

「急にきちゃってごめんねー」

へて、とこのはは照れ隠しに笑った。

「いえ、ちょうどお茶を淹《い》れていたところですし、お客さまはいつでも大歓迎です」

「んー、その格好を見たら、やっぱりって思うわよねー」

菜苗は、テーブルにティーカップを並べている苑生を上から下までじっくりと眺め、意味ありげに唇をゆがめていた。

漆黒《しっこく》のワンピースと純白のエプロン姿だ。頭にはフリルのついたカチューシャまで装備している。誰《だれ》の趣味なのか、やたらとバストを強調するようなコスチュームだった。

これはなにかと問われれば、メイドさん、と応《こた》えるしかないだろう。

建物は古びているが、掃除と手入れの行き届いた品のいいリビングに不思議なほどマッチしている。

「──で、さっき出迎えてくれた人が、あなたのご主人さまってわけね？」

「はい、そうです」

「なんか、思いっきり普通の人っぽかったよ？」

このはは、苑生の保護者が消え去った扉へ、ちらっと視線を流した。

予想と大きく食い違い、館の主人はシャイで真面目そうな男の人だった。

一見、腺病質《せんびょうしつ》の文学青年風。肌が異様に青白く、髪も灰でもかぶったように妙な具合に脱色されていたが、今、この場にいる誰よりも真っ当な人間のように思えた。

苑生の友達だと聞いて、それは嬉《うれ》しそうに招き入れてくれたのだ。

悪い人間のはずはない。

「変態は見かけによらないのよ。たっきーを見ればわかるでしょーに？」

「えー、お兄ちゃんは格好からしてヘンだよー」

貴英は白衣に偏愛を持っている変人だが、織人氏は、ぱりっとノリのきいたシャツとスラックスを身につけていた。自由業風のロン毛も頭の後ろできっちりと束ね、いかにも清潔そうだった。

ただ、訪問者たちの名前を聞いたとき、目の奥で鋭い光が瞬いた──ように見えた。気のせいかもしれない。

それから、織人氏は、すすっとリビングから出ていってしまったのだ。

「そうね……でも、昔は、もっとマシだったんだけどなぁ……いろんな意味で」

一人言のように、菜苗は呟《つぶや》いた。

「あ、それ、ちょっと聞いてみたいな。教えてよ、菜苗ちゃーん」

「え？　そ、そうねえ……あ、道法寺さん、あそこに飾ってある写真ってなあに？　ひょっとして、ラブラブな関係の物的証拠？」

話の矛先をそらすように、慌てて菜苗はアンティーク棚の上に置いてある写真立てを指差す。カメラを意識してぎこちなく微笑《ほほえ》んでいる織人氏と、朗《ほが》らかに笑っている普段着の苑生が仲良さげに並んで写っていた。

「あ、これはですね――」

苑生が律義に説明しようとしたとき、どたどたどた、と騒々しくもたどたどしい足音が廊下側から響き、ばだむっ、と勢いよく扉が開いた。

「よくぞここを突き止めたな、貴英の妹……いや、貴英

が造り上げしホムンクルスよ。わざわざ敵地と知って潜入してくるとは、なんという大胆不敵さだ。だが、その蛮勇に免じて、改めて我が名を名乗ろう。私は道法寺織人。かつて貴英に裏切られ、そして復讐《ふくしゅう》を誓った男なのだぁぁぁっ！」

織人氏だった。

わざわざ着替えてきたのか、漆黒の上下に黒マントという悪役を絵に描いたような姿だった。芝居がかった仕草で、ふはははははっ、と高笑いしている。

（えっ、わたしの正体を知ってる⁉　っていうより、お兄ちゃんのことを知ってる⁉）

コスチュームへの偏愛といい、自分の役に酔ったような口調といい、倒錯した趣味といい、まちがいなく、貴英の知りあいだ。

類は友を呼ぶ。変態は変態を呼ぶ。自然の摂理だった。

したがって、織人氏の正体も薄々わかったような気がした。こんなことで悟ってしまう我が身が切ない。

変態＝錬金術師という仮説が証明された瞬間だった。

「ふふふふ、なにを調べるつもりできたのかは知らないが、帰って貴英へ伝えるといい。ついに織人が貴様を見つけたと――そして、我々が最初に創造した生命は、私の手により至高のものになったとなっ」

「はやくも馬脚をあらわしたわねっ」

鬼の首でもゲットしたように、すかさず菜苗が切り返した。

「このぴー、変態の言葉をマジに聞いちゃダメよっ。復讐とかうまいこと言って、あわよくば制服の似合う淫《みだ》らなセックス奴隷に調教する気かもしれないわよっ」

「な、なにをほざくか小娘がっ」

このはは、思わずその光景をリアルに妄想してしまった。

「ええーっ、わたしにメイド美少女になってご奉公せよと？　はうう、お兄ちゃんといい、わたしのまわりってこんな人ばっかりだよーっ」

「私と貴英をいっしょにするなっ」

混迷を深めていく人間関係をよそに、一人、苑生だけは優雅な手つきでロシアン・ティーを注いでまわった。

「どうぞ、お召し上がりください」

少女たちは、ほとんど条件反射でカップを手にしていた。観念的な悩みなど、しょせん現実のお茶とお菓子の敵ではないのだ。

「ありがとー」

「うーん、いい香りね」

「道法寺さん、お茶淹れるの上手ねー」

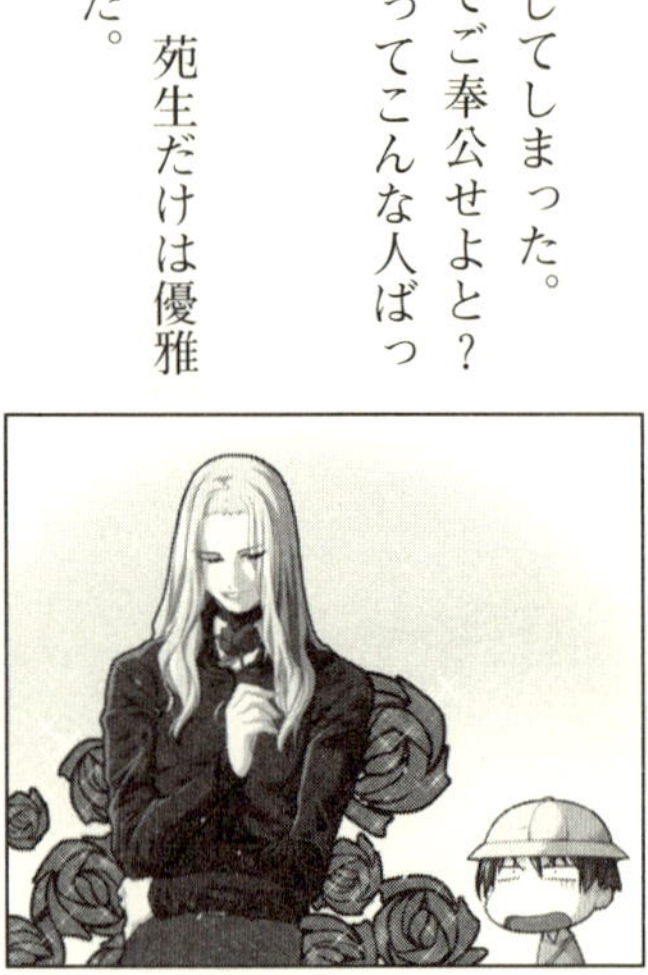

「恐れ入ります」

いきなり空気がなごんでしまった。

それでも、なぜか織人は胸を張った。

「ど、どうだっ？」

「どうだ、と言われても、ねえ」

「美味《おい》しいよ」

「ちがう。そうじゃない。ええい、まだわからないか？　この苑生こそが、貴英と私が最初に誕生させたホムンクルスなのだっ」

「そうなの？」

菜苗が聞くと、苑生は、こく、と頷《うなず》いた。

「そのようです」

事実だとすれば、苑生はこのはの先輩か、姉にあたる存在だった。

しかし、すでに苑生の猫耳やしっぽを目撃し、織人氏の正体まで判明した今となっては、とくに驚くほどの事実ではない。

スキャンダラスで爛《ただ》れた事実を求めていた菜苗は、織人の演説よりも菓子に心を奪われていた。

「あ、タルトもう一個もらっていい？」

「これ美味しいよねー」

「ええ、それはご主人さまが――」

「へー、おりりんもやるわね」

「はて、おりりん、とは？」

「織人だからおりりん」

「ふむふむ……メモを」

苑生がメモ魔なのも、より人間に近くなろうという努力のあらわれらしい。情緒には乏しいが、健気《けなげ》さではすでに人間以上のホムンクルス少女だ。

「ええい、勝手に愛称をつけるなっ」

織人は逆上し、びしっ、とこのはへ指を突きつけた。

「苑生は、君よりも優秀なホムンクルスだ。私はそれを証明するため、彼女を青稜学園へ転入させたのだ。くっ、くっ、くっ、見ているがいい。勉強、スポーツ、恋、友情とあらゆるジャンルで優れていることを公衆の面前で実証しまくり、あの傲岸《ごうがん》な貴英めに、もー、悔しー、とウルウルさせることが私たちの最大の望みなのだよっ」

テーブルに乗って怪気炎をあげまくっていたが、聴衆の反応はいたってクールだった。

「なーんだ、明るく健全な学園ライフを送りましょう、ってだけじゃねーの。たっきーって、そんなんで悔しがるタマだと思う？」

少し考え、このはは首を横にふった。

「基本的に他人のことは眼中にないタイプだからなー。あ、でも、道法寺さんがわたしより優秀ってのは、同感だなー。ねえねえ、今度、美味しいお茶の淹れ方でも教えてよ。お兄ちゃんたちにも飲ませてあげたいから」

「ええ、喜んで」

ライバル同士という設定のはずが、すっかり打ち解けて仲良くなっているホムンクルスたちだった。

菜苗は、同情するように織人を見た。

「裏切ったとかどーとか、そのへんのことはよくわかんないけどさ、ぜんぜん復讐になってねーんじゃないの？」

「そ、そんな…」

がっくりと肩を落とし、織人はすごすごとテーブルから下りて、なにかブツブツ呟きながらリビングの隅にうずくまってしまった。

「ねえ、苑生さんって呼んでもいいかな？　わたしは、このはって呼んでよ」

「はい、このはさん」

「じゃあ、あたしは、そのぴーって呼んでもいい？」

「ええ、かまいません」

「苑生さんってさー、やっぱり、あのしっぽとか耳とかがホムンクルスの《しるし》なんだよね？」

「このはさんの翅《はね》と同様ですが、私の場合、細かく調整されたおかげでオルゴンのコントロールが比較的自由にできるようです」

「ふえ？　それって、自分の意思で出したり引っ込めたりできるってこと？　それいいなあ〜、羨《うらや》ましいなあ〜」

「……どうだ、羨ましいだろう……」

地の底から響くような、織人の声だった。

「ご主人さま？　なぜそのようなところで？」

「そのぴー、慰めるのよ。そう、できるだけアダルトな手管でねっ」

「な、菜苗ちゃん、表現が不穏当かつ露骨すぎ…」

だが、苑生は、完全にいじけて背中をむけたままの織人に近づき、子供でもあやすように優しく頭をなでなでした。

「よーし、よしよし」

手ずから育てたホムンクルスに慰められる我が身をよけい不憫《ふびん》に思ったのか、織人は感極まって、ぴーっ、と泣きはじめた。

情緒未発達と情緒過多の代表例が、仲睦《なかむつ》まじく寄り添っている。われ鍋《なべ》に綴《と》じ蓋《ぶた》。お似合いカップルだった。

「絵的には面白いけど……ねえ、そのぴー、夜のほうも赤ちゃんプレイ専門なの？」

「な、なんつーこと聞くだすか、このスケベティック・ルネッサンスがっ」

このはのほうが赤面してしまった。

「だって、気になるじゃない？」

「夜伽《よとぎ》は、ごく普通かと――ご主人さまが求められたときなどに」

「そ、苑生、よ、よせっ」

織人は蒼白《そうはく》になって、養女の口を手でふさいだ。

「へー、おりりんったら、意外とノーマル？」

「お願い……誰か菜苗ちゃんを止めて」

「き、ききき、貴様っ！」

「さて、これ以上赤裸々なセクシャルライフを暴露したくないんだったら……たっきーの裏切りの真相とか、そろそろ一切合財吐いてもらいましょーか？」

好き勝手にふりまわされた挙げ句、脅迫《きょうはく》まで受け、若き錬金術師の顔はいよいよ死人の色になっていった。

日本錬金術協会《Japan Alchemist Society》――通称《ＪＡＳ》。

中世ヨーロッパに創立された秘密結社《薔薇十字団《ローゼンクロイツ》》の流れを継いでいるらしい、由緒正しいのか怪しさ大爆発なのか理解に苦しむ団体ではある。

実在した中世屈指の錬金術師であるパラケルススも、その元祖の一人であるとする説もあるという。

団体名だけでも充分にお腹《なか》いっぱいだが、歴史に強くない彼女たちにとっては胡散臭《うさんくさ》さ倍増だった。

要するに、そこでは前途有望な錬金術師の卵たちが集い、明日の日本を担うべく知識と技の研磨に励んでいるらしい。

そして、六年前——貴英と織人はそこで出会ったのだ。正確には、本物の《このは》が事故に遭った直後のことだった。

同期の二人は、ホムンクルス生成への並々ならぬ熱意で意気投合し、ほどなく共同研究に打ち込むことになった。

研究の過程で、織人が肉体《ボディ》と性格《パーソナリティ》のデザインを、貴英が素体の生成を担当し、数年後、情熱と才能にあふれた二人の若者は、一体の女性型ホムンクルスを造りだすことに成功した。これが苑生だった。

当初は感情の片鱗《へんりん》も認められず、情緒的な反応は皆無であったが、それも貴英が新たに開発した記憶伝達物質によって、ほぼ解決の目処《めど》がついた。

だが、思わぬところから横槍《よこやり》が入った。協会の長老グループが、ホムンクルスと研究データの引き渡しを要求してきたのだ。

錬金術師とはいえ、不老不死と人工生命体の二大研究は、今では半ば禁忌《タブー》の対象となっているらしい。

これが二人の同胞意識に決定的な亀裂《きれつ》が生じさせた直接の原因だった。

織人は介入を全面的に受け入れ、そのかわり苑生の保護を求めようとした。一方、貴英は、あくまでも自分たちの手で研究を完成させようと主張した。

そして、幾日にも及ぶ激しい論争の末――貴英は、苑生だけを織人の手元に残し、すべての研究成果を盗んでトンズラしてしまったのだった。

(そりゃ、恨まれて当然の所業だよ……とほほ)

このはでさえ、そう思った。

「でも、織人さんって、悪い人じゃないよね。二人とも、あれはあれで幸せそうだから、このまま見守ってあげてもいいかなーって思っちゃうし」

「お人好しっつーか、ちょっと性格がアレだけどね。ま、たまにはおりりんをイジメにいってあげるのも面白そーだけどさ」

このはの部屋で、ぐびぐびと缶ビールを飲みながら、菜苗が応えた。すでにほんのりと頬《ほお》が赤らみ、ほろ酔い気分になっている。

「もー、菜苗ちゃんがあんまり織人さんで遊ぶから、最後は涙目になってたじゃない。可《か》哀想《わいそう》に。ちょっと苑生さんも怒ってたみたいだし」

道法寺邸からの帰り、乙丸家にて夕食を済ませ、菜苗はそのまま泊まることになった。

このはも冷蔵庫からこっそり持ってきた缶ビールをぢゅるぢゅるとすっている。ベッドの上での酒盛り。空になった缶が、すでにいくつもシーツに転がっている。

明日は日曜日だから二人とも気楽なものだった。

「しかーし、なぜに同じホムンクルスという境遇を背負った二人に、これほどオッパイの格差が生まなれければならないのか……うう、不条理だよ」

ふふん、と菜苗は鼻先で笑った。

「世の中はね、ぜーんぶ不平等でできてるのよ」

「くっ、この搾取階級めっ、いつか労働争議を起してやるっ」

「でも、このぴーは偉いわよ」

「ふえ？」

「おりりんの前でも言い切ったじゃない。たとえ不平等でも、世界での自分の役割がわかってればいいやって」

「あ、わたし、苑生さんの家でも同じこと言ったたっけ？」

そういえば、似たような会話の流れで、そんなことを口走ったような覚えもある。慣れないアルコールに酔って、頭の中が適当になっているようだった。

『それがどんな役割でも？』

誰のセリフだったろうか？

織人だ。

(どういう意味なんだろ？)

発端になった彼女の発言にしろ、とくに深い思慮があったわけではない。が、考えてみると、かなり意味深な言葉だった。

(わたしの役割なんて、あるんだろうか？　変態錬金術師の気紛れで生まれたようなものだと思ってたんだけど……。んじゃ、苑生さんの役割は？　菜苗ちゃんは？　お兄ちゃんも、なにかの役割を背負って生まれてきたんだろうか？)

ぐるぐると考えていくうちに、どうでもよくなってきた。酔っぱらいに悩みは似合わない。強引に結論をひねりだした。

「みーんな、幸せになれるといいよねー」

「幸せになる奴《やつ》は、勝手になるってーの」

「そーだよね。あ、ところでさ、苑生さんのモデルになった人って、あの写真の人だったんだね。可愛《かわい》い人だったよねー」

このはは、リビングの棚に飾られていた写真のことを思い出していた。苑生にしては、豊かな表情。織人の元恋人だったのだ。

『失われた愛の大きさに耐えかねて――』

これが、織人がホムンクルスの研究をはじめた動機だったらしい。永久に失われてしまった存在を、貴英と同じように自分の手で復活させようとしたのだ。

夕食のとき、織人と苑生の一件を例の伝言込みでちゃんと貴英には伝えたのだが、予想通りというか、あまり興味はそそられなかったようだった。

彼の中ではすっかり過去のものとなっていたらしい。

「男って、バカなとこでロマンチストなんだから」

そう呟いた菜苗の声は、なぜか怒っているようにも聞こえた。

(うにゅ、人を好きになることって、なにもいいことばかりじゃないのかなあ)

酔った勢いで、隣人の恋愛談も聞いてみたくなった。

「菜苗ちゃん……誰か好きな人、いる?」

「たっきー」

ぶはっ、とこのははビールを噴いた。ティッシュ、ティッシュと一人で騒ぐ。

「――冗談よ」

「そ、そうだよね。あー、あたしゃ、びっくらこいて寿命が縮まっただよう」

「でも、お互いが初体験の相手だったりするのは本当なんだな、これが」

鼻から逆流し、激しくむせ返った。ティッシュの山盛り追加だ。

予想以上に酔っぱらっているのか、菜苗の顔は不穏当な笑顔で埋め尽くされた。

「ねえ、どうしてたっきーが、あたしのこと避けているのか不思議に思ったことない？」

「あるあるある」

「昔ねー、手込めにしたことがあるっつーの」

菜苗が高らかに笑った。

衝撃的すぎる告白に、このはは鼻血が噴き出そうになった。

「げふげふげふ……い、いつのまにっ」

「知らなくて当然よ。だって、このぴー、まだ生まれてなかったもん。それに、そんときゃ、たっきーも、今みたいに変態魔人じゃなかったしね。いや、あんときゃ、この菜苗さまも若かったからねー、はやくオトナの悦楽ってもんを知りたくって、つい……」

つい、で兄を犯されてはたまらない。

ティッシュ箱も空になったことだし、話題をかえたかった。

なにがなんでも、断固として——このままでは、身体《からだ》がもたない。

「お、お兄ちゃんって、好きな人、いるのかな？」

「……いるみたいよ」

「だ、誰？」

「知ーらない」

そっけなく応え、ごろん、と菜苗はベッドに寝転んだ。

「そんなに気になるんだったら、いっそ夜這《よば》いかけて尋問してみたら？　日夜鍛えに鍛えた淫蕩《いんとう》なテクニックを駆使してさー。ひっひっひっ、なんだったら、たっきーの弱いところを、あたしが手とり足とりアドバイスしてあげよーか？」

淫靡を通り越してほとんど下品な表情で、このはの太腿《ふともも》へ、つつつーっ、と手を這わせてきた。

「絡み酒だよ、大トラだよ、畜生だよ、この人は……しくしく」


このはは夢を見ていた。広大な原っぱの夢――。

オリジナルの《このは》とまたいっしょだった。彼女が持ってきたバスケットから、手作りのサンドイッチを食べ、水筒のお茶を仲良くわけあった。

「また会ったね」

「うん。今日もいい天気だね」

「うん。ねえ、ここはどこなんだろう？　わたし、前に来たことがあるような、ないような、不思議な気分なんだけど——」

「……お兄ちゃんとの、想《おも》い出《で》の場所だよ」

　そう聞いたとき、パッと閃《ひらめ》いたビジョンがあった。

「あ、そうだ、もう少し先にいくと、小川がなかった？」

「そう。スイカを持っていって冷やしたんだよね。でも、わたしのせいで割っちゃったんだ」

「そう。土手があって……お兄ちゃんは、泣き疲れたわたしを怒りもせずにおぶってお家まで連れ帰ってくれたんだ……あれ、お家って？」

「親戚《しんせき》の家——わたしたち、あずけられてたんだよ」

「そうそう。やっと思い出せたっ」

　懐かしいはずだ。この場所で、幼い彼女は、よく兄と遊んだのだ。いや、今の彼女ではない——目の前にいる、本物の《このは》と遊んだのだ。

　風が頬をなで、草むらを揺らす。空は、夕暮れが近づくにつれ、赤く染まっていき、不格好に割れたスイカの断面と重なった。

　ひろく、温かい、兄の背中。妹を起さないように気遣った歩み。柔らかな足音。甘酸っぱい感覚とともに、記憶から蘇《よみがえ》ってきた。

「なんで今まで思い出せなかったのかな？　これもお兄ちゃんの小細工？」

「……場所には、その人の想いが留《とど》まりやすいから……」

伏し目がちに、どこか寂しそうに、《このは》は応えた。

そんな大人っぽい仕草に違和感を覚え、まじまじと観察してしまった。

「あれあれ？　もしかして、ひょっとして、お主、ちょっと背が伸びていませんこと？」

「わかった？　胸も、あれから三年分大きくなってるんだよ」

うっふーん、と自慢げに、《このは》は胸をそらした。そういえば、髪も少しだけ伸びているようだった。

「なんと三年分？　一括払い？　きー、めっちゃ悔しいザマすっ。お主だけは永遠の同志だと信じてたのにーっ」

「だいじょーぶ、あなただって、ちゃんと成長するっていう証明だよー。だって、同じ設定で造られてるはずなんだからさ」

「そ、そっか、そうだよねっ」

安心して、何度も頷いた。

「ねえ、お兄ちゃんのこと、好き？」

不意打ちのような《このは》の質問だった。

「え、えっと、嫌いじゃないけど、でも、困った人だから……あ、あなたは？」

「もちろん、好きだよ。妹としてね。だから——わたし、あなたにとても感謝してるし、ごめんねって思ってる」

「なぜに？　そのココロは？」

「それは、近いうちにわかると思うよ」

眩《まばゆ》い夕陽を背負い、《このは》が応えた。

表情は逆光で見えなかったが、どこか哀《かな》しげな声だった。

「もしあなたが、本当にお兄ちゃんを好きなら——」


喉《のど》の渇きで夜半に目が覚めてしまった。暑いはずだ。かたわらでは、四肢を絡みつけるようにして菜苗の熱い肢体が密着していた。

誰がかけてくれたのか、二人の身体に毛布がかかっている。

昼の汗も流さないまま寝入ってしまったことを思い出し、風呂場《ふろば》でシャワーだけでも浴びておくことにした。

「みみー」「どうした、浮かない顔だな？」

菜苗が酔いつぶれてから戻ってきたらしいミミたんが話しかけてきた。このはが起きたことに気づき、自動的にスリープ状態が解けたのだ。

「うん、調子に乗って、飲み過ぎちゃったかなぁ、なんて……あれ？」

目元を擦《こす》ると、なぜか涙で濡れていることに気づいた。

「みみ、みみー？」「いっちょ、景気づけに最終兵器でも発動するか？」

「い、いいよ、そんなのっ」

涙をぬぐい、慌てて首をふった。彼女のためとあれば、創造主にさえ牙《きば》を剥《む》く義侠心《ぎきょうしん》にあふれた擬似生命体だ。本当にやりかねない。

ミミたんは、残念そうに頷いた。

「みみ……みみー、みみ［そうか……その権利があるのは、おそらく君だけなんだが］」

謎《なぞ》めいた呟きを残し、ふたたびスリープに戻った。

「？」

疑問符を額に貼《は》りつけ、このはは首をかしげた。


白い蒸気で視界が霞んでいる。

熱い湯が肌を叩《たた》き、細胞を活性化させていく。こうしてシャワーを浴びていると、生き返るような気分だった。

ビールのせいで身体中が水分を欲しているのだ。

「あん……っ」

胸のトップに勢いよく水流があたっている。微妙な性感があった。近くで浴びるよりも、ちょっと距離を置き、かすめるようにしてあてたほうが気持ちいい。

手で触れてもいないのに、むく、と乳首が隆起してきた。軽く洗うだけのはずだったのに、それだけでは済みそうになかった。

弄《いじ》ってほしそうに、硬く充血している。

「どうしよっかな……今日は、まだだったよね」

まだアルコールが残っていて、中途半端に身体が火照っている。菜苗が寝ているから部屋でオナニーするわけにはいかない。

お風呂でするのも新鮮かな、と思った。適度な開放感もあるし、なによりも、後の処理が簡単でいい。

女の子のプレイは、擦って出せば満足してしまう男の子ほど単純ではない。シチュエーションには凝るべし、である。

いざ、セクシャル・フロンティアへ——。

「ふ……う……ん」

首筋を、腋《わき》の下を、胸の膨らみを、脇腹を、ヘソの窪《くぼ》みを、太腿のまわりを、お尻の丸みを、そして、大事な茂みをなでるようにしてお湯が流れている。

シャワーでの全身愛撫《あいぶ》だった。自分の手を使うダイレクトさがないかわりに、誰かに優しく刺激されているかのような錯覚があった。

最初から全裸だし、誰かが見ているわけではないから、どんな大胆なポーズでもできそうだった。

タイルの上で両膝《りょうひざ》をつき、大きく脚を開いてみる。淡いアンダーヘアに水滴が珠《たま》をむすんでいた。

あさましく腰を前に突き出す格好になった。片手でバスタブの縁を掴《つか》み、上半身が倒れないように支えている。

シャワーの先を、胸元から、ゆっくりと下降させていく。

「はぅんっ」

放出される水の糸にワレメを割られ、形容しがたい快楽が生まれた。柔ヒダをなぶり、粘膜をえぐり、陰毛を泳がせる。

「これ……いい……ひゃっ」

はやくも頭を覗《のぞ》かせた肉の芯《しん》にあたった。びびび、と叩き、痺《しび》れさせる。一瞬、陶然とするほどの気持ちよさだった。

本格的にスイッチが入ってしまった。

オカズのことを考え、誰がいいかな、と思った。

(菜苗ちゃん、だと照れ臭いなぁ。それとも、千尋ちゃん？　オ○ンチン咥《くわ》えてるとこを想像して……だめだよ。なんか、申し訳ないよぉ。あんなことしちゃったのに、理由も聞かずに許してくれたんだもん。じゃあ、苑生さんと保健室での……あ、織人さんのこと考えると、これも申し訳ないような)

二回のレズ行為で、すっかり女の子ＯＫなノリになっていたが、お友達が相手ではオカズにはむかないようだった。

千尋はしっかり男の子しているとわかったものの、やっぱり仮想恋愛の対象にはしづらかった。自分よりも可愛い外見にコンプレックスが発生するためかもしれない。

かといって、他に適した人材は……あった。

（だ、だめ、それだけはっ）

頭に思い浮かんだのは、貴英の顔だった。いくら消そうとしても、意識すればするほどくっきりと姿が鮮明になっていく。

異性として、一番データが多い相手なのだから、しかたがないのかもしれない。さらに加えて、菜苗にそそのかされたことが強く影響している。

『そんなに気になるんだったら、いっそ夜這いかけて尋問してみたら？　日夜鍛えに鍛えた淫蕩なテクニックを駆使してさー』

あの後、菜苗は微に入り細をうがって生々しい描写——貴英の逸物《いちもつ》の形状から、舐《な》めたときの反応、さらには射出時の挙動まで——を両手でふさいだ耳元にわめきまくってくれたのだ。

初体験レポートの暗示効果は強力だった。

「やっ、あっ……で、でも」

真っ正面に、備えつけの大きな鏡がある。曇り防止処理がされているから、クリアに自分の顔が映っていた。

あそこにシャワーをむけ、羞《は》じらいながらも喘《あえ》いでいる少女の姿。まるで他人のように見え、新鮮な興奮をかりたてた。

「……そんな目で、見ないで」

ぱっくりと秘部が開いている。ドキッとするほど鮮やかな朱色。最初に鏡で覗いたときには、あまりのグロテスクさにひるんだが、ここが悦楽を生んでいるのだ。すぐに慣れ、愛《いと》しい存在へとかわっていた。

今も透明な無数の触手でなぶられ、びらびらと震えている。中からは熱い粘液を染み出しているはずだった。

気分が昂揚《こうよう》してきて、ズキズキと身体の奥がいつもの反応をはじめている。

「う…っ」

犬のように四つん這いになった。誰かが後ろから覗き込めば、ヴァギナもアヌスも丸見えになってしまう。一番恥ずかしいスタイルだと思ったから、そうしたのだ。

腕をねじり、丸いお尻の上から、シャワーの先を肉の谷間へむけた。水流が、内腿にへアをべっとりと張りつけ、滴ってタイルへ落ちていった。

「あっ、あっ、へんな……感じ」

お尻の穴をお湯が攻撃している。勢いがありすぎて、中にまで入ってきそうだった。ぴりぴりと粘膜がこそばゆい。

わずかに下へ移動した。

ぴったりの位置にきた。

膣《ちつ》の入口だ。

アヌスよりはゆるい窄《すぼ》まりへ、湯線が集中していく。抵抗を押し退《の》け、はっきりと中へ入ってくる異様な感覚があった。

「だめ……入っちゃう、入っちゃうぅ」

お尻を抱えられている自分を想像した。

男の人に、だ。

それは、貴英の姿をしていた。優しい顔だった。そして、痛ましいほど苦しそうな表情をしていた。

ずきゅん、と胸が高鳴った。

「あうぅっ」

ひろく、温かい背中。気遣う歩み。柔らかな足音。これは、どこの記憶だろうか。快楽に邪魔をされ、思い出すことができない。

父親に背負われているような、やすらかな気持ち。いつもでも、こうして二人で歩きつ

づけたい。

そう心の底で願ったのは、いったい誰だったのか？

「はぅっ、はっ、あっ、あぁっ」

愛しさで、心臓が破裂してしまいそうだった。

『お兄ちゃんって、好きな人、いるのかな？』

いる、と菜苗から聞いて、じつはショックだったのだ。

変態錬金術師でも、たった一人の兄だ。一番身近な存在を、いつか誰かにとられてしまうような心細さがあった。

なによりも、妹の記憶と姿形を持っているというだけで彼女のことを気にかけ、優しくしてくれている。

(本当に？　それだけ？)

心の中で、意地悪な声が囁《ささや》く。

(お兄ちゃんとして好きなの？　男の人として好きなんじゃないの？)

我ながら驚き、そんなことはない、と否定する。

貴英の仕草にときめいていたのは、そう小細工を受けているからで、自分が造ったホムンクルスだからこそ、彼はこのはを見守ってくれているのだ。

勘違いの余地はない。

（本当に小細工されているのかな？）

……わからない。このはには、わからなくなってきた。

今、断言できることは、貴英のことを考えているだけで、かっと身体が熱くなり、下腹部で切ない疼《うず》きが育っていくという事実だけだった。

（お兄ちゃんの好きな人って、誰？）

嫉妬《しっと》が、ちく、と胸を刺した。

切ないよう、切ないよう、と蜜《みつ》を滲《にじ》ませ、訴えている。

「くっ……ふっ、あぁっ」

膣口にシャワーを集中させたまま、首と肩で上半身を支え、もう片方の手を下から脚の付根へ滑らせた。

貴英のほっそりとした繊細な指先を想像し、ジン、ジン、と快楽を求めているクリトリスをつまんだ。

「ひぅぅぅっ」

それだけで、がくがくと腰が震えた。

ノズルを固定しきれなくなり、タイル上に落とした。からん、と跳ね、水流をまき散らしながら踊る。

夢中になって媚肉《びにく》をまさぐりつづけていた。止まらない。ヌルヌルとした液体は、あとからあとからあふれてくるようだった。

「あふ……んんっ」

細い腕で上半身を起し、正座のように座り込んだ。手は股間《こかん》に差し込まれたまま妖《あや》しく蠢《うごめ》いている。

正面の鏡を見つめた。

「見てる……わたしが……見てるぅ」

発情した、エッチな表情で、喘いでいる女の子が映っている。淡い乳房を片手で鷲掴《わしづか》みにする映像を網膜に焼きつけ、目を閉じた。

貴英が、後ろから抱きつき、胸を揉みしだいているところを想像する。指のあいだで乳首を挟み、くにくにとひねる。きゅっ、と指先で潰《つぶ》し、ぴんっ、と弾《はじ》いた。

「あっ、あふっ、あっ」

感じている声が、浴槽に反響した。

スリットをまさぐっている手は、みずから分泌させている潤滑液でベトベトになっていた。入口が、柔らかく蕩《とろ》けている。

蜜をまぶして窪みの周囲をマッサージし、くっ、と中指を押しつける。ずぶり、と滑るようにして挿入された。

「やっ……は、入っちゃったっ」

膜を傷つけた感触はない。狭い洞窟の中は熱くたぎり、ドロドロになっていた。粘膜が燃え、異物の侵入を歓迎していた。

千尋のペニスを思い出した。

それを、貴英のイメージにすり替える。

お尻をかかえられ、硬直したペニスで貫かれる光景を想像した。もちろん、後ろで腰をふっているのは彼女の裸体に興奮しきった貴英だ。

「い、いいよ……もっと、もっとお」

いつもと比べ物にならないくらい身体が感じているようだった。

ふたたび四つん這いになり、妄想上の凛々《りり》しい兄へ、お尻を差し出す格好になった。じゅぽじゅぽと音をたて、貪欲《どんよく》な中指が出入りを繰り返している。

淫らに腰をまわし、快楽の世界へダイブした。

「はっ、あっ、あっ、あぁっ」

喘ぎが切迫し、身悶《みもだ》えがせわしなくなってきた。

指の出入りもスムーズになり、みずからの秘処を激しく犯していった。じょじょにスピードが上がっていく。

太腿が張り、ぷるぷると痙攣《けいれん》した。

「だめ、あっ、イく、イく……イッちゃうよぉっ」

ぷわっ、と半透明な翅がひろがり、絶頂感とともにオルゴンが放出された。

「あううぅぅぅぅっ」

ひくひくと犬のスタイルで余韻に浸り、乱れた呼吸を整えながら、ぽつりと呟いた。

「わたし……お兄ちゃんのこと、好きなのかな」

そのとき、浴槽の壁になぜか飾ってある複製名画の美女――二つくり貫《ぬ》かれた目元の穴が、ぱち、ぱち、と狼狽《うろた》えたように瞬きした。

第五章　貴英の贖罪

「ねえ、お兄ちゃん、夏休みにね、みんなでどこか旅行に行こうよ」

「みんな？」

皿を行き来していた箸《はし》を止め、貴英が顔を上げた。

炒《い》りじゃこ卵、長ネギのおみおつけ、八宝菜。テーブル上に並べられているのは、みんな彼の好物ばかりだった。

乙丸家の夕食風景だ。

「わたしと、お兄ちゃんと、ミミたんと、菜苗ちゃんと、西泉さん。あ、あと、過去の清算も兼ねて苑生さんとおりりんもっ」

「いいのかい？　僕が行くとなると、織人は嫌がるだろうね」

織人ほど再会へのこだわりがないせいか、貴英はくすりと笑った。

「苑生さんを引っぱり込めば、あとはなしくずし的に――」

「ふっ、このはも謀《はかりごと》の醍醐味《だいごみ》を知りつつあるようだね。成長が著しくて、この兄としても嬉《うれ》しいかぎりだよ」

「お兄ちゃんといっしょにすんなーっ」

「ただ――その前に、君は期末試験があることを忘れてないかな？」

「はうう、それだけは忘れていたかったのに……くおーっ、雨よ降れーっ、雷よ轟《とどろ》けーっ、神よ、世界中からテストというものを吹き飛ばしたまえぇぇぇーっ」

貴英の眼鏡《めがね》が、きら、と光った。

「混沌《こんとん》を望むならばすぐにでも用意できるけれど？」

「……ふと悪魔の力にでもすがりたくなる自分が情けなや」

このはは日常会話で身悶《みもだ》えるふりをした。こうやってふざけているあいだは、かえって貴英の本心は見えてこない。

思いきって、自分のことをどう思っているのか、と聞いてみたかった。が、つい躊躇《ちゅうちょ》してしまう心は純情なホムンクルス少女だった。

あの夜、貴英をオカズにしてしまってから、じつは悩みに悩みまくっていた。楽観主義だけでは、どうしても乗り越えられない壁もあるのだ。

次の朝は、まともに顔を見られなかったくらい意識してしまった。菜苗にもうかつに相談できないことだった。

ついに、気づいてしまったのだ。

貴英に惹《ひ》かれている心に——。

これは、本当に自分の中から出てきた想《おも》いなのか？

極悪な記憶操作の結果なのか？

兄の好きな人は誰《だれ》なのか？

自分は妹なのか？

それとも、あくまでホムンクルスなのか？

なぜ自分は造られたのか？

もうぐちゃぐちゃだった。

「旅行はいいとして、このははどこへ行きたいんだい？」

悩みすぎて脳がメルトダウンを起こす前に……さしあたって、夏休みをどう遊ぶか考えることにした。

「うーん、ひろーい原っぱとか、奇麗《きれい》な小川があるところがいいなー。自然とたわむれる美少女ってイメージ？」

深い考えもなく、ぽろっ、と頭に浮かんだ光景をそのまま口にした。

「あれ？　どうしたの？」

貴英の顔が、珍しく真剣なものになっていた。

「このは…」

呼び鈴が、鳴り響いた。

「はーい」

貴英の表情に妙な胸騒ぎを感じながら、誰がきたのか確認にいった。

扉を開けると、外のどしゃぶりで濡れネズミになった苑生が数匹の子猫が入った段ボール箱をかかえて立ち尽くしていた。

第五章　貴英の贖罪

いつもより、苑生の表情はうつろで、生気がない。

「ど、どーしたの、苑生さんっ」

「はい。おなかを空かせているようなのです」

「おなかが空いてるの？　あ、その子猫のこと？　とにかく入って……あー、もうびしょ濡れだよっ」

「はい…」

みー、と子猫も鳴いた。


「——と、いうわけなのです」

メイド服からホカホカと湯気を立ち上らせ、リビングで苑生は説明を終えた。

貴英が発明した『着たまま乾燥機』の人体実験にされてしまったのだ。このはの持ち服を貸そうにも、胸のサイズがはなはだしく合わないのだからしかたがない。

「それは難儀というか、なんというか」

このはは、はうー、とため息をついた。

「つまり、こういうことだね——君は、煮えきらない態度の織人に愛想を尽かし、どうすれば彼を肉欲の虜《とりこ》にできるのか、もう一人の創造主である僕のところへ相談をしにやってきた、と？」

「なんでそーなるかっ」

くわっ、と牙《きば》を剥《む》いてテーブルの反対側にいる貴英を睨《にら》んだが、隣に座っている苑生はあっさりと頷《うなず》いてしまった。

「はい、貴英さま」

「ちょ、ちょっと、苑生さんっ、なぜそこで素直に頷くっ」

「貴英さまとは他人行儀な。織人と同じように、ご主人さまと呼んでくれたまえ。キング・オブ・マスターでも僕はかまわないが」

「すみません、誕生したばかりのときの記憶は、あまり明瞭《めいりょう》ではないのです」

「お兄ちゃん……場が荒れるから、というより、わたしが暴れたくなるから、少し黙っててくれないかなー？」

苑生の希望でやむなく同席させているのだが、そうでなければ、心臓破りの右ストレートをくれてやるところだった。

「いいとも、我が妹よ」

微笑《ほほえ》んだ口元から、白々とした貴英の歯が覗《のぞ》いた。

黙殺し、苑生にむきなおった。

「結局、苑生さんがあの猫ちゃんたちを拾ってきて、家で飼いたいっていうのをおりりんが許さなかったのが喧嘩《けんか》の原因なんでしょ？」

織人をおりりんと呼ぶのが、菜苗からうつってしまったこのはだった。

それにしても、あらためて口にすると、かなり馬鹿馬鹿《ばか》しい理由だった。敷地的にも、経済的にも、苑生が世話をするならば問題ないはずだ。

「もしかして、おりりんって猫嫌い？」

「はい。しかし、私はそれを知っていました」

「？　どゆこと？」

「織人を困らせてみたかったんだね？」

貴英が口を挟んだ。

このはが驚いたことに、また苑生は頷いた。

「……ご主人さまの困った顔というのは存外愛らしいと気づきました」

「うわ、けっこうイタズラっ娘《こ》だったんだ。でも、いつもはデンジャラスなくらいに素直な苑生さんが、なんで困らせたいなんて思ったの？」

そのあたりが、まだよくわからない。

「私のことをどのようにお考えなのか、知りたいと考えたのです」

「うーん、わたしにはよくわかんないなあ。お兄ちゃんはわかる？」

「――君は、織人に愛されたいんだね？」

「はい」

きっぱりと頷く苑生を見て、このはは感動していた。考えてみれば、これは苑生にとって初めての自己主張だったのかもしれない。

思わず声が上ずった。

「だ、だから、愛をたしかめたくって家出しちゃったの？」

「そうです。同じホムンクルスであるこのはさんとお友達になり、先日のお話をうかがったときから、私も——自分が生まれた役割について、ずっと考えていたのです」

「その結論が愛であった、と……そのー、おりりん、どんな顔してた？」

あふれる好奇心に抵抗できず、つい訊《たず》ねてしまった。

「私が家を出るときには、浴びるようにお酒を飲んでいました」

「うわあ…」

誰に同情していいのかわからなくなり、このはは頭をかかえてしまった。

「では、織人がむかえにくるまでに、僕がとっておきの秘策『激淫《げきいん》☆パイジャック大作戦』を授けてあげよう」

「それがいかんっつーのっ！　歯を食いしばって八百万《やおよろず》の神に祈れーっ！」

テーブルをぐるりとまわり込み、このはの裏拳が炸裂《さくれつ》した。

「このはよ……君の拳《こぶし》は、今、神の領域に届いた……」

顔面から鼻血を噴き出し、貴英は、ぐらり、と崩れ落ちていった。

そのとき——。

「みみー『庭にクセ者が忍んでいたが』」

頼りになる乙丸家の用心棒、ミミたんが廊下から入ってきて、ごとっ、ずるずる、と黒ずくめの物体を引きずってきた。

「ご主人さま…」

「みみー？　みみー？『どうする？　殺《や》っておくか？』」

「お、おりりんっ」

「みみー？　みみみー『知りあいか？　ならば、リリースしておこう』」

「あ、その前に、魚拓……じゃなくて、事情を聞いておかないとっ」

だが、織人はあきらかに酔っているようだった。全身濡れネズミになり、服が泥だらけになっていた。

もつれる脚でなんとか立ち上がり、ぷんっ、と強いアルコール臭をふりまいた。

「苑生、くるんだ。いつまでも、ここにいてはいけない。なにをおいても、貴英のところには……おまえには私が……いや、これは欺瞞《ぎまん》だな……私には、おまえが必要なのだ。お願いだから、戻ってきてくれないか」

そして、床に昏倒《こんとう》している貴英へ指先を突きつけた。

「貴英よ、聞け……我々は、重大な問題を解決せぬままホムンクルスの研究をすすめてしまった。愚かなことだ。あまりにも……神でもないただの人間にすぎぬ身で……限りある生命を造ることは罪深いことだ。だからこそ、我々を理解し、協会の長老たちから匿《かくま》ってくれた日御子翁《おう》も、最後にはホムンクルスの研究に反対したのだ。今では貴様にもわかっているはずだ……いや、あのときからわかっていたはずだ」

双眸《そうぼう》に、鬼火のような光が灯《とも》っていた。かつて狂おしくなにかを求め、ついに得られなかった者の瞳だった。

その迫力に押され、このはは声をかけるチャンスを失った。

「翁は、若かった頃の自分を重ね、忠告してくれたのだろう。若さゆえというにはあまりにも愚かな行為を……だが、私は苑生を一人の女性として愛している。それに……我々には時間がない。聞けっ、貴様の所在を私に報《しら》せてくれたのは、日御子翁だ！　リミットが近いのだ……これほど苑生を愛しているというのに」

弾劾するような言葉の羅列は彼自身にもむけられているのだろう。だが、ろれつが怪しく、最後には支離滅裂になっていた。

このはには語られた内容が一つも理解できなかった。ただ、途中で出てきた聞き慣れた名前に、思わず反応してしまった。

「え？　日御子翁って…」

アルコールで濁った目が、怪訝《けげん》そうに彼女を見つめた。

「……知らなかったのか？　日本錬金術協会の名誉会長でもある日御子翁は、君と苑生が通っている青稜学園の理事長でもある。……我々にとっては、一方ならず世話をしていただいた共通の恩人だ」

「ということは、お兄ちゃんが日本錬金術協会とかに入れたのは、菜苗ちゃんのお爺《じい》ちゃんに紹介してもらったからってことなの？」

血筋だ、と呆《あき》れるしかないが、他にもなにか引っかかるポイントがあるような気がして首をひねった。

「……そうだ。さらに言えば、個人情報に不備がある君が、学園に入ることができたのも、翁のはからいがあればこそ。……だから私も、苑生に人間の感情を学ばせるため、あの学園を選ん――」

織人は、そこで体力が尽き、貴英同様床に転がってしまった。素早く苑生が動き、介護にまわった。

貴英は、昏倒したままだ。

「え……つまり……菜苗ちゃんは」

このはは、重大なことに気づいてしまった。

泥酔した織人は、苑生に連れられて帰っていった。迷惑なほど酔っぱらった上での告白だったが、彼女は満足したようだった。

このはは、自分の部屋に閉じこもり、考え事にふけっていた。ある疑念が頭の中でぐるぐると旋回している。

(どうして、わたしには教えてくれなかったんだろう?)

菜苗は、裏にあった事情を知ることができる立場にあった。彼女の性格からして、苑生とこのはの関係がわかったときにはあらゆるルートから情報を調べ尽くしたはずだ。

それなのに、ずっと知らないふりをしていた。ショックだった。

辛《つら》いときには、なんだかんだと言っても必ず味方になってくれた優しい従妹《いとこ》——なのに、信頼を踏みにじられたような嫌な感触があった。

誰を信用していいのかわからなくなり、途方にくれてしまった。ぐるぐると思考が空転し、どこにも行き着けない。

「みみー?［どうした、このは?］」

ミミたんが、部屋に入ってきた。

「わたし、もう、わからないよ……なにがよくて、なにがわるいのか……みんな、本当のことを隠してて……ねえ、ミミたんの最終兵器、今、使っちゃだめ?」

「みみー、みみー［だめなわけはないさ。俺はこのはのために造られたんだ］」

限りなく優しい声だった。

「ありがとう、ミミたん」

「…みみー」「…では、最終兵器発動だ」

「……うん」


熱い唇が重なっていた。交換される吐息が甘い。くっ、くっ、と小刻みに震わせ、相手への想いとともに、さらに口づけを濃厚にしていく。

舌を差し入れると、ねっとりと濡れたものが積極的に絡みつき、情熱的な動きで翻弄《ほんろう》してきた。

乙丸家へ殴り込んだはずが、気がつくと、自分の部屋で寝かされていた。酔いは残っていたが、記憶ははっきりとしていた。

そばに、まめまめしく介護をしてくれている苑生がいた。その献身的な姿に胸を打たれ、思わずベッドへと引っぱり込んでしまったのだ。

「う…」

織人は呻《うめ》き、口腔にたまった唾液《だえき》を流し込んだ。

喉《のど》を鳴らし、苑生は嚥下《えんか》した。

唇を離すと、つーっ、と唾液が糸を引き、途切れた。

「ご主人さまに、心配をおかけしてしまいました」

眼鏡越しに、少女とは思えない色っぽい瞳《ひとみ》が、織人を見つめている。ひたむきで、健気《けなげ》な視線だ。

寝室のベッドで組み敷いているグラマラスな肢体は、あたりまえだが、すべて彼の好みでデザインされている。

ただ抱きあっているだけでも腰が熱を帯びてきた。

「謝ることはない。考えがあって行動したのだろう？　ならば、それでいいのだ。心配は、それほど苦ではない。苑生が苑生としての判断力を持つようになれば、私としても嬉しいのだから」

「ご主人さま…」

「苑生は、彼女のかわりではない。彼女とのことは、ただの想い出にすぎない……わかっていたのだ。もっとはやく、あの写真も捨て去るべきだった。すまない。謝るのは、私のほうなのだよ」

「そんな……そんなことはありません」

「いや、つまらないこだわりだった。だから、猫は、この館で飼うがいい。そのくらいの余裕はある。苑生――おまえがいれば、私はそれでいいのだよ」

「ありがとうございます」

いつも表情を崩さない苑生が、にこ、と嬉しそうに微笑んだ。

織人の鼓動が乱れた。とく、と切なく高鳴る。その笑顔は、昔、彼の恋人とともに失われたはずのものだった。

両腕を伸ばし、苑生が抱きついてきた。

「でも、そうではないのです、ご主人さま。私は……私がいなくなっても、ときどき思い出していただけるものをなにか残しておきたかったのです」

「そ、そんなことをしなくても、忘れたりはしない。いや、忘れろと言われても困るっ」

織人は動揺していた。

(苑生は気づいているのか?)

衝動的に、きつく抱きかかえそうとした。

するっ、と身体《からだ》の下から逃げられた。

「苑生?」

「ご奉仕――させてください」

上下を入れ換え、今度は苑生がのしかかってきた。繊細な指先が魔法のようなスムーズさでスラックスと下着を脱がせ、織人の性器を剥き出しにする。

端正な顔で、躊躇なく咥《くわ》えてきた。

織人は驚いた。

何度も身体を重ねたことはあるが、今夜ほど積極的な彼女は初めてだった。いつもは彼の欲求にまかせて素直に従うだけだったのに――。

「くっ…」

絶妙な舌使いで、ペニスを刺激してきた。柔らかく茎を這《は》いまわり、カリ首に絡みつき、ちゅるちゅると先端を吸いたてる。勃起《ぼっき》し、充分な大きさに育ってきたところで、内頬《うちほお》に亀頭を擦《こす》りつけながら、淫靡な動きで頭部を前後に揺すりはじめた。

「うっ、う……あっ」

女のように喘《あえ》ぐ織人を上目づかいでたしかめながら、苑生は、メイド服のボタンを外してみずから胸元をはだけさせた。

フロントのホックを解除すると、ぼんっ、と弾《はじ》けるように二つの豊乳が飛び出た。両手で持ち上げ、硬直した逸物《いちもつ》を挟みつける。

「熱い……ぴくぴく動いています」

嬉しそうに囁《ささや》き、しゅっ、しゅっ、と乳房でしごきはじめた。

「気持ちいいでしょうか？」

「苑生、いつのまに、そんな…」

「ご主人さまのために、ビデオなどを鑑賞して、勉強いたしました。それに、菜苗さんも、いろいろと男の人を悦《よろこ》ばせるためのテクニックをご教授くださいました」

「あ、あの小娘は…」

呪詛《じゅそ》の言葉は最後までつづかなかった。その成果が、あまりにも気持ちよかったためと、苑生自身が子供のように頬を膨らませたせいだった。

「お友達の悪口をおっしゃられては、めっ、です」

珍しく、少し怒っているようだった。

本物の女の子のような感情の発露に、織人は苦笑するしかなかった。

（まったく……あれほど私が感情を植えつけようと努力して、やっとここまでこぎつけたというのに、彼女たちの手にかかっては……まるで悪夢か、奇跡でも見ている気分だな。さすがは、翁の孫娘と貴英が造りしホムンクルスといったところか）

菜苗とこのはに、織人は感謝した。これだけでも、恩師のすすめに従って学園へ入学させた甲斐《かい》があったというものだ。

苑生は、腰のバネを有効に使い、リズミカルに責めたてる。圧倒的な質量の肉につつまれ、肉棒は完全に埋没していた。

こねられ、しごかれ、妖《あや》しい性感が腰を襲っている。あまった乳房が腹を擦り、太腿《ふともも》をなでまわす。乳首のコロコロした感触がたまらなかった。

恍惚《こうこつ》となり、織人は腰を突き出した。

このまま中で破裂してしまいたい、と思った。

「だ、だめだ……苑生っ」

織人は、魅惑的な谷間から射出寸前のペニスを抜き、落ちつかせた。

「ご主人さま？」

不思議そうに小首をかしげる苑生へ、泣きそうな顔で、笑いかけた。愛《いと》しい少女は、いよいよ不思議そうな表情になった。

「そろそろ『ご主人さま』ではなく名前で呼んでくれないか？」

苑生は、虚をつかれたような顔になった。ためらいがちに、こく、と頷く。

「はい……織人さま」

「さま、は余計だな」

「でも…」

「まあいい。ゆっくりと、慣れてくれればいい」

織人は、それだけの時間が残されていることを願った。

再び苑生を引き寄せ、後ろから抱きすくめるような格好をとった。そのままシーツ上に倒れ込むと、ぶるっ、と豊かな母性が天井をむいて震える。どんなスタイルをとっても形が崩れない、それこそ奇跡のようなバストだった。

背後から前にまわした手で、ずっしりとした乳房の手応《てごた》えを愉《たの》しむ。もう片手はみっちりと張った太腿を這い、ワンピースのスカートをめくり上げた。

胸に劣らず大きなお尻。タイトなショーツが食い込んでいる。薄い生地は、性的な興奮でうっすらと汗ばんでいた。

苑生に協力してもらい、ショーツを脱がした。

剥き出しとなった股間《こかん》へ手を滑らせる。絹のような手触りのヘア。大事な亀裂《きれつ》を探ると、すでに愛蜜《あいみつ》で潤っているようだった。

「あふ……ふっ」

指でヒダを開き、溝を擦ると、それだけでも苑生の腰がそり返ってきた。滲《にじ》んできた分泌液で、すぐ手のひらまで濡れてくる。

包皮につつまれた淫芯《いんしん》を、きゅっ、とつまんだ。膨れ上がった真珠のコリコリとした手応えがあった。

「ひぁっ、あっ、あぁっ」

敏感に反応し、豊穣《ほうじょう》な女神そのものの肢体が痙攣《けいれん》した。

「キ、キスを…」

首をひねり、求めてきた唇を貪《むさぼ》った。互いに舌を突き出し、ねっとりと絡めあう。愛撫《あいぶ》に応え、苑生の下肢も柔らかく蕩《とろ》けていた。

「織人さま……お願いです……私は、もう」

過去に、はしたないおねだりなど口にしたことのない少女だった。

「では、私の上に乗ってごらん」

「はい……」

息を弾《はず》ませ、着ているものを残らず脱ぎ捨てた。隠すべきところをあからさまにした、あさましいスタイルで織人にまたがった。

とうに硬直しきっているものを掴《つか》み、みずからの秘処を逆Vにした指で開き、潤んだ瞳で先端をあてがった。

「……あっ」

ずぶり、と豊かな白い尻が、逞《たくま》しい怒張を飲み込んだ。一気に奥まで貫いている。中にたまっていた愛液が隙間《すきま》から押し出され、卑猥《ひわい》なヴィジュアルを演出していた。

苑生は動きはじめた。

「うっ、あっ、あっ、はうぅっ」

小刻みに腰を揺すり、しっかりと挿入されたものを愛しそうに中でこねていく。複雑な起伏に亀頭を擦られ、織人は快楽に震えた。

南国の果実にも似た双丘を、下からすくい上げた。柔肌に指がめり込み、指と指のあいだから発情した乳首が突出した。

苑生の透き通るような肌が、艶《つや》やかに紅潮している。空調が効いた室内だというのに、二人とも全身に汗を滲ませていた。

「あんっ、あっ、あんっ、あんっ」

エロティックに腰が踊る。少女のカマドは欲情で煮えたぎっていた。トロトロとおびただしい蜜を吐き出し、結合部から太腿までをびしょ濡れにしていた。

織人も腰を突き上げ、自分が育て上げた扇情的な身体を味わう。摩擦《まさつ》で快楽が増幅し、性信号が下半身を駆け巡った。

「い、いいです、織人さま……突き上げて……あ、あぅぅぅっ」

制御を失いつつある肉体が、耳としっぽを露出させていた。それぞれが気持ちよさそうに蠢《うごめ》いている。

肉棒で蕩けたカマドをかきまわし、織人は陶然としていた。かっ、かっ、と脳髄までが燃えている。

「苑生……苑生ぉ」

目蓋《まぶた》の奥で、あるイメージが爆発した。

同時に、過去に学んだ錬金術のテクストを思い出していた。

(そうか……陰と陽の結合、太陽と月の結合、精霊の仲介による魂と肉体との結合……そうだったのかっ)

愉悦に痺《しび》れた頭で、織人は気づいた。

「あっ、あふっ、あぁぁっ、ぁあぁぁっ」

切実な動きを繰り返す苑生のスピードがはやくなってきた。淫核を擦りつけるようにして、お尻をふりたくっている。

織人の奥でも、マグマのような快楽の塊が暴れていた。ズキ、ズキ、と根元で疼《うず》き、射出の瞬間を待っている。

（それほど我々は間違っていなかったのかもしれないな……貴英よ、気づくがいい。愚か者には、愚か者の道があるのだ。互いの奇異な縁《えにし》に免じて、私も、おまえのために祈ろう。あの少女のためにも……まだ、今からでも遅くないということをっ）

クライマックスが近い。

少女の尻肉を鷲掴《わしづか》みにして、織人はしゃにむに突き上げまくった。

「うっ、イきそうだっ」

「わ、私も……いっしょに……んっ、んっ、んっ、んんんんっ」

激しい動きがシンクロした。粘膜が燃え、絶頂の予感で肌が粟立《あわだ》つ。強烈な愉悦がせり上がってきた。

「くっ」

「あぁぁあぁぁぁっ」

炸裂《さくれつ》した。

意識が浮遊するほどの悦楽に襲われ、結合部が痙攣する。苑生はバストをふり乱してそり返り、織人も忘我の極みにあった。

どこまでも、果てしなく昇りつめていくようだった。

最終兵器は発動された——。

しかし、このはが考えていたようなことは、なにも起こらなかった。派手な悲劇的浄化《カタストロフ》はなく、そこには凍りついた時が横たわっているだけだ。

「彼女は……眠ってるの？」

「みみー。みみー［そうだ。あの日から、ずっと——］」

ミミたんを前抱きにして、ある病院を訪れた。桐嶋《きりしま》医院。お世話になったことも、聞いたこともない。

説明によれば、菜苗の祖父が出資している病院だということだった。

建物の裏手へまわると、どんな仕掛けが施してあるのか、ミミたんが触れただけで魔法のように関係者専用口の鍵《かぎ》は解除された。

エレベータで最上階の特別病棟まで直行した。これも魔法のつづきなのか、誰にも会わずにここまでくることができた。

室内には、六年分の静寂が、みっしりと降り積もっていた。

薄暗い病室だった。清潔なシーツが敷かれたベッドが一つだけあり、見覚えのある小柄な女の子が眠っていた。

眠っている——そう、眠っているとしか思えない。滑らかな頬にやつれはなく、過ぎた年月のぶんだけ大人びた彼女が、安らかに目蓋を閉じている。

「ミミたん、あの日って？」

このはは、《このは》を間近で見下ろし、かすれた声で呟《つぶや》いた。ミミたんを抱きしめた腕に力がこもる。

「僕が、彼女を傷つけてしまった日さ」

「みみー［遅かったな］」

ぴくっ、と肩を震わせたが、ふり返らなかった。

貴英がやってきたのだ。

「そうだね。いつだって僕は遅すぎる」

「このぴー…」

菜苗の心配そうな声が流れてきた。

おそらくは、最終兵器発動とともに、ミミたんに内蔵されている緊急装置で二人を呼び出すようなシステムになっていたのだろう。

狂おしい悔恨と痛ましい視線が背中に突き刺さる。

「二人とも、知ってたんだね？」

「ああ……六年前、《このは》を求め、そして、拒絶された。海外に赴任することで、この許されない想いを忘れようとした。でも、それは間違いだった。それでも、彼女の傍にいるべきだったんだ。だから、彼女がかかえていた重荷に気づかず……海のむこうで報せを受けとったときには、もう手遅れだった。……すべては僕の弱さ、身勝手さが生んだことだ」

懺悔《ざんげ》の言葉だった。

この病室には、貴英も幾度となく足を運んだはずだった。みずからの罪がもたらした結果を目の前にして、いったい、どんな思いで妹の寝顔を眺めていたのか――。

彼は、妹を一人の女性として愛してしまった男だ。《このは》も苦しんだはずだった。本当は彼女も愛していたのかもしれない。だからこそ、逃避する道を選ぶことで、安らぎに満ちた《今》を手に入れたのだ。

あとは、本人が以前に語った通りなのだろう。会社を辞め、錬金術師を目指し、このはを造ろうと友さえも裏切った。

「お兄ちゃんは、彼女を助けたかったんだよね、本物

の《乙丸このは》を？　だから……だから、わたしを造ったんだよね？　わたしは、そのためだけに——」

「…ちがう」

貴英の応えは、ほとんど苦鳴に近かった。

「自分勝手な償《つぐな》いのためだけに、君を造ったんだ。《このは》の顔、《このは》の記憶を持った君が、僕を罰してくれるだろうと期待してた。……菜苗ちゃんをここに呼んだのも、そのためだ。二人で、この愚かな僕を罰してくれるだろうと——でも」

くすり、と貴英は笑った。

それは、虚無に満ちた自嘲《じちょう》だった。

自分を責め、呪《のろ》い、わざわざ最低の人格を演じることで、みずからの手で生みだしたホムンクルスに嫌われようとした。その虚しい自作自演ぶりを笑ったのだろう。

「おかしいな。僕は、どこで間違えたんだろう」

「お兄ちゃん」

「なんだい？」

「ミミたんは、わたしのどんな記憶から生まれたの？」

「このはが記憶していた僕だ。誰よりも僕を恨み、憎み、呪い、けっして僕を許すことのない僕自身だ」

「みみー、みみみー［良心だなんて聞こえのいいものじゃないが］」

創造主に敵対するために造られた分身だけあって、ミミたんは一言で切り捨てた。気のせいか、弱々しい声だった。

自分の罪を暴《あば》き、裁くための装置を託すのに、これほどふさわしい存在はないと考えたのだろう。

これが最終兵器の正体だった。

世界の営みを終わらせかねない――それは、彼女と貴英とミミたんで営んできた、安穏とした生活の終わりを告げる意味だったのだ。

だが、そのスイッチを押した本人からは弾劾の言葉が吐かれず、貴英は子供のように途方に暮れているようだった。

菜苗の沈黙に、このはは感謝していた。

そして、わたしの声、震えるなっ、と必死に念じた。

「バカだよ……お兄ちゃん」

「本当だね」

寂しそうな、兄の返答だった。

「どうして、好きだって思うだけじゃ、だめだったの？」

泣くな、わたし、泣くなっ、と必死に祈った。

「護《まも》ることと、自分のものにすることは同じだ——そう信じてた。そんなバカなこと、あるはずはないのにね」

「罰してほしいなんて……じゃあ、お兄ちゃん、わたしのことが嫌い？」

「ちがう」

心の葛藤《かっとう》が伝わってくる。声にならない悲鳴のようだった。

「わたしが《このは》の顔で、《このは》の記憶を持ってるから？」

「君は《このは》じゃない。君は与えられた記憶に頼ることなく、なにもかも自分の意志で決め、自分の判断で動くことのできる独立した人格《パーソナリティ》なんだ」

「それはいいことなの？　悪いことなの？」

「わからない。ただ、僕は自分を罰することには失敗したようだね。正直、誤算だったよ。君が、ただの人造人間で終わっていれば、僕はここまで——」

なにかを怖れるかのように、貴英は口ごもった。

自分を罰する部品にすぎないはずのホムンクルス少女に思わぬ感情移入をしてしまい、彼は新しい苦悩を抱え込んでいたのだ。

優しい言葉をかけてあげなくちゃ、と思ったが、次々と判明する新事実に、まだ気持ちの整理が追いついていない。

（わたしは、どうしたいの？　どうしたらいいんだろう？）

ふと、柔らかな気配を、背後に感じた。

ふりむくまでもなく、菜苗だとわかった。

「……ねえ、怒ったりしないの？　あたしは知ってて黙ってたし、たっきーだってそう。あんたには怒る権利があるのよ。自分が他の誰かのために生まれたなんて、冗談じゃないものっ」

そっとミミたんごと抱きしめられた。

「ちっちゃな頃、たっきーもこのぴーも本当のお兄さんとお姉さんみたいで、あたしは大好きだった……だから、本物のこのぴーがこんなことになったとき、辛そうなたっきーをなんとか慰めてあげたいって思ったの」

そして、菜苗はセックスの意味もわからないまま、貴英に肉体を与えた。貴英も、一時的に混乱していたとはいえ、それを受け入れてしまった。

二人の声が、遠く聞こえてきた。

「でも、たっきーは、もう自分に近づかないほうがいいって――」

「菜苗ちゃんに、もう迷惑をかけるわけにはいかなかった――」

「あたしは、身代わりにもなれなかった――」

「そうじゃない。僕に、優しくしてもらう資格は――」

ふいに理解してしまった。

菜苗は、《このは》とは別の意味で、貴英を好きだったのだろう。愛していた、と言ってもいいのかもしれない。

拒絶され、哀《かな》しかったのは、菜苗もだったのだ。

（菜苗ちゃんは、どうやってお兄ちゃんへの想いに決着をつけたんだろう……わたしは、こんなにもグラグラしてるのに……なんて強い人なんだろう）

ぼんやりと、場違いなことを考えてしまった。

いや、そうではない、と閃《ひらめ》くものがある。

なに一つとして、決着などついていないのだ。

だからこそ、すべての事情を知った上で、菜苗は最後まで乙丸兄妹を見守るため、わざわざ親元から遠く離れてマンションでの一人暮らしをしているのだ。

このはの脳裏で、なにもかもが、初めてくっきりと像をむすんだ。

「怒れよ、このぴー。ぜんぶ、あんたとは関係ないことじゃない？　意思を無視されまくってるじゃない？　勝手なことばかりほざかれているわけじゃない？　怒れようっ。ぶちキレて、むちゃくちゃに暴れて、みんな壊しまくっても、誰も責められないんだよっ。あんたが怒ってくれなくちゃ……あたしが謝れないじゃないっ！」

菜苗は、このはの背中で泣いているようだった。

顔は見えないが、そんな気がしていた。

「どう怒っていいのか、わかんないよ。だって、菜苗ちゃんも、お兄ちゃんも、わたしは大好きだから」

「このぴー…」

切ないよう、胸が痛いよう、と声に出さず、呟いた。

泣けば、少しは気分も落ちつくかもしれない。

でも、泣けなかった。泣いてはいけないんだ、と思った。

ここに悪い人なんか一人もいない。みんな、幸せを求めていただけなのだ。人を傷つけようなんて、誰も考えていなかったのだ。

すっ、と瞳を見開いた。

ぴくとも動かなくなったミミたんを見下ろした。

いつもの生命感がなかった。

「お兄ちゃん…」

息がつまった。

抱いているのは、ただのヌイグルミだった。

喪失感に身体が凍りついた。

「ミミたんが……ミミたんが」

ぶわ、と急に涙があふれ、止まらなくなった。

薄闇《うすやみ》の中で、貴英の声が残酷に響いた。

「彼の役目は――終わったんだ」

《このは》は静かに眠りつづけていた。

第六章　彼女たちの決意

悲喜こもごもの期末試験もなんとか終了し、終業式の日になった。明日からの夏休みにむかって、期待のオルゴンが教室中に充満していた。

やる気まんまん。熱気むんむん。

いよいよ夏真っ盛りだった。

ちっぽけな人間の悩みなんか知らないぜっ、とばかりに惜しげもなく太陽光線が天空から放射され、校舎の窓ガラスで乱反射している。

「乙丸さん、今日も元気ね」

「乙丸さん、今日も元気だね」

「わたしはいつも元気だよ〜。みんなも元気だね」

「もちろん、私たちは元気よ」

「もちろん、僕たちも元気さ」

「やっぱり元気が一番だよねっ」

あいかわらずのクラスメイトたちだった。

「は〜い、無事、成績表や宿題を配り終えました〜。えーと、夏休みの心得……細かい注意事項はぜ〜んぶ忘れちまったから、ま、担任であるあたしの査定に響くことはすべて禁じる。以上……ていうか、とっとと帰りてえ！　おそらくこの気持ち、みんなの誰《だれ》にも絶対負けねえ！」

あいかわらずのみすず先生だった。

「さようならーっ」

「またなーっ」

「また、みんな新学期で会おうねっ」

口々にしばしのお別れを告げながら、それぞれ飛びたつように教室から去っていった。学園から、急速に人の気配がなくなっていく。

これから一ヶ月半のロングバケーション。嬉《うれ》しくてたまらないはずなのに、なぜか軽い寂寥感《せきりょうかん》を感じてしまった。

通いはじめたばかりの学園なのに、知りあったばかりのクラスメイトたちなのに、いつのまにか身近にあってあたりまえのものになっている。

九月に授業が再開すれば、懐かしい、と思ってしまうにちがいない。こうして時間は積み重なり、眩《まばゆ》い今を過去へ過去へと押し流していく。

記憶を——想《おも》い出《で》をつくるために。

このはも、菜苗といっしょに校門から出ていった。肩を並べて歩きながら、すっかり通い慣れた道をたどっていく。

毎日、同じ道を通い、同じ家へと帰る。それでも、少しずつ陽《ひ》の長さはかわり、同じ日は一日としてない。

そんな毎日のちがいを感じられることができるなんて、なんて幸せか、と生まれて一ヶ月しかたっていないホムンクルス少女は思うのだ。

『またね…』

そうあたりまえのように言えることが、どれだけ幸せなことか――。

「あのさ、苑生さんのお見舞いにいこっか？」

終業式に、苑生の顔はなく、隣のクラスで聞いてみると、夏風邪をひいて休んでいるということだった。

「そうね。ついでに、旅行の話もつめてしまうっつーのはどうよ？」

「うん。あの二人の意見を聞いておかなくちゃねー。楽しむのはわたしたちー、お金を出すのは菜苗ちゃんー。ひゃっほーっ」

はしゃぐこのはへ、タイトでハードな冗談を投げつける前兆が菜苗の顔をかすめた。

が、出てきた言葉は――。

「ねー、このぴー」

「ん、なあに？」

「……あの日からさあ、ムリに元気なふりしよーとしてない？」

病院での一件を、まだ菜苗は気にしていたらしい。すすんで旅行のスポンサーを買って出てくれたのも、彼女を元気づけようという優しさなのかもしれない。

明るく笑い、どんっ、と菜苗の肩を叩《たた》いた。

「ふっふっふっ、わたしのことを心配する前に、今のうち旅費の心配でもしておきたまえ。果たしてみんながどこを所望するか知れたものではないのだから――いやー、お金持ちの菜苗ちゃんに最敬礼っ」

「てーかさあ……ま、宇宙以外ならどこだって構わないけど？」

晴れ渡った空を見上げ、くすっ、と菜苗も笑った。


個人の部屋にしては、たっぷりとしたスペースが割かれてあった。派手さはないが、リビング同様、趣味のいい装飾で統一されている。

中央に真鍮《しんちゅう》の巨大なベッドがあり、シーツや毛布に埋もれるようにして、苑生が横たわっていた。

「苑生さん、だいじょうぶ？」

「思ってたよりも元気みたいね」

「はい。今朝方まで少し熱があったもので、大事をとって欠席を――」

ふかふかの枕《まくら》に頭部を沈め、こほ、と苑生は咳《せ》き込んだ。二人の見舞いが嬉しいのか、珍しく唇には笑みが灯《とも》っている。

今まで見たこともないような、素敵で、穏やかな微笑だった。

「明日には、もう学校にいけると思います」

「明日から夏休みだっつーの」

菜苗がツッコミを入れた。

「夏休み——そうなんですか」

残念そうに、苑生は瞳《ひとみ》を伏せた。

病気のせいか、ただでさえ白い肌が、さらに透き通るようになっている。傍目には元気そうだが、なぜか不吉な気がして、このはは視線をそらしてしまった。

みぃ、と子猫がベッドに上ろうと頑張っていた。

「この子、やっぱり飼うことにしたの？」

苑生の様子を見にきた織人へ、このはは聞いた。

「子猫たちのことかね？」

「おりりんって、猫嫌いじゃなかったんだ？」

「まさか……いや、そうなのかもしれないな」

織人は、思い当たったように、頷《うなず》いた。

「苑生のモデルになった彼女が猫好きだったから、無意識のうちに避けていたのかもしれない……。そう。彼女

の幻影を追い求め、同時に避けていた。苑生を造り、猫を遠ざけ……まったく、人間ほど矛盾した生き物はないな」

自嘲《じちょう》するように、唇をゆがめた。

その応《こた》えに、納得してしまった。考えてみれば、本心から猫嫌いなはずがないことは、苑生の《しるし》を見ればわかることだった。

「他にも、つまらないこだわりのせいで、苑生には辛《つら》い思いをさせたかもしれないが——私は、こう思うのだよ」

織人は、真摯《しんし》な目で、まっすぐこのはを見つめた。

「過ぎたというのは、忘れたということではない。それを通して今の自分がいる。私が悦《よろこ》びや幸せを感じたとすれば、それは過去を得た自分がいるからだ。そして、過去は、常に生前の彼女とともにあったのだと思っている。だから、けして忘れることはない」

過去を否定しても幸せにはなれないのだ、という意味なのかもしれない。それは自分自身の否定にも繋《つな》がるからだ。

かといって、過去の記憶にこだわっているうちは、前進することができない。ならば、過去を認めた上で、前向きな共存の道を探っていくしかないのだろう。

「……昔、貴英に影響されて、私はそう考えるようになった。あいつは、そうやって両親の死を受け止めたのだよ」

「お兄ちゃんが…」

病院で《このは》に会ってから、以前のように貴英と話すことはなくなっている。そのことに、あらためて気づいた。

あれから、たしかに彼女は落ち込んでいたが、それは出生の秘密があきらかになったことよりも、ミミたんのことが大きなダメージを残していたからだった。

貴英は、なに一つ言い訳をせず、黙って彼女を見守っていた。

喪失感が、胸にぽっかりと穴をあけ、しばらくは家事をする気力すらわかなかった。

ミミたんは本来の役割を終え、ただヌイグルミに戻っただけだ。それはわかるが、かけがえのない家族を永遠に失ったことは事実だった。

(どうして、ミミたんはお別れの言葉を残してくれなかったんだろう?)

おそらくは、このはの涙を見たくはなかったのだ。できることなら、姿さえ消して、どこか遠くで果てたかったにちがいない。

寂しさは別として、ある意味、ミミたんらしいな、とも考えてみた。

そして、時間は確実に過ぎ去っていく。人ならぬホムンクルスとはいえ、このはも毎日を生きていかねばならない身だった。

いたずらに哀《かな》しんでばかりもいられず、試験期間に突入したこともあって否応なく日常へと回帰していくしかなかった。

（ミミたんは、わたしの中に還《かえ》っただけなんだよね。だって、元々は同じ記憶から造られたんだから）

織人の話を聞いて、このはは、そう考えた。ミミたんも、彼女の中で賛同してくれているような気がした。

あの日から、初めてミミたんの存在をリアルに感じていた。そうだ。能天気が身上のこのはだ。いつまでも落ち込んではいられない。

菜苗は、そんな彼女を、じっと見つめていた。

「織人さん——熱も下がってきたようなので、庭へ出てもいいでしょうか？」

ベッドの中からちょこんと顔を覗《のぞ》かせ、苑生が可愛《かわい》らしくねだってきた。

織人は、少女の額に手をあて、頷いた。

「……いいだろう。外でお茶でも飲もうか」

「はい、さっそく——」

「いや、用意《いと》は私がする。ちょうどスコーンが焼けたばかりだ」

唇に、愛しい者への微笑《ほほえ》みがあった。

白い木製のテーブルと椅子《いす》を並べ、ささやかなティーパーティーがはじまった。陽光は燦々《さんさん》と輝き、大きなパラソルに隠れた四人へ濃い日陰を提供してくれていた。

いい風が吹き、庭に植えられた木々をそよがせる。

涼しげな葉擦れの音――夏の囁《ささや》きだ。

「さっき、織人さん、って呼んだよね」

このはは、スコーンにサワークリームをぬりたくって美味《おい》しそうにパクついている菜苗の耳元へ、そっと囁いた。

「うん。呼んだねえ」

「メイドさん、卒業しちゃったのかな？」

「いいんでないの？　二人とも、なにがあったのか知らないけど、幸せそうなんだからさ」

「そうだよねっ」

苑生は、写真に写っていた織人の恋人のように、クリーム色のTシャツと軽快なパンツを身につけていた。

「そのぴー、もう例の服は着ないの？」

「はい。織人さんが、こうしたほうが良いと」

「ああ、苑生にはその方が似合っている」

「そうね、素敵よ」

「苑生さん、すごく奇麗《きれい》っ」

「恐れ入ります」

嬉しそうに、にっこり、と苑生は微笑んだ。以前よりも少しだけ朗《ほが》らかで、少しだけ写真の女性に似た微笑みだった。

「私…」

ふわり、と柔らかな風が、苑生の髪を舞い上げた。

「お二人と、もっと仲良くなりたいです」

「うん、なれるよ。きっと」

うんうん、とこのはは頷き、菜苗も同意した。

「あったりまえじゃねーのさ」

「今よりも……ずっと、ずっと……仲良くなりたいです」

「なれるよ、これから、いくらでもっ」

「そーよ、おりりんよりもよくなって、もう離れたくないっくらいにねっ」

不穏当に、にやり、と唇をゆがめる菜苗を少し不安げに見つめ、織人は困ったように苦笑した。

「ともかく、君たちがいると、苑生も楽しそうだ」

くすっ、と苑生が笑った。

「私、いろんなこと、勉強しました」

「苑生さん、勉強熱心だもんねー」

「でも、たったひとつのことを知るために勉強してきたような——そのために生まれてきたような気がします」

「苑生さん？」

「……」

「苑生…」

苑生は、目に映るすべてのものを慈しむように、庭の景観を眺め、空を見上げ、このはを、菜苗を、最後に織人を見つめた。

「もう、メモしなくても忘れません」

そのときの笑顔は、かぎりなく透明で——この笑顔を、絶対に自分は忘れないだろう、とこのはは思った。

「私は、ご主人さまに愛されるために生まれてきました。だから、幸せです」

それから、四人で旅行の相談をした。

織人さんがいればどこへでも、と苑生が羞《は》じらいながら呟《つぶや》いた。

苑生が行くところならどこへでも、と織人が照れ臭げに応えた。

菜苗は、冷やかそうかと迷い、苦笑で済ませた。

このはは、楽しい旅行になればいいよね、と話をむすんだ。

「このぴーも、開き直ったもんよねー」

道法寺邸からの帰り道、ある決意をこのはから聞かされて、菜苗がそう言った。

呆《あき》れたような、驚いたような、気遣うような、はーっ、というため息混じりの複雑な声だった。

「あたしがこんなこと言うのもなんだけどさ——本当にそれでいいの？」

「うん。もう決めちゃったから」

「あの千尋くんだっけ？　あの子に、このあいだラブラブ・アタックされたんでしょ？

ちょっと男の子にしては可愛すぎるけど、悪い子じゃなさそーなんだから、あんな変態のことはすっぱり諦《あきら》めて、付き合っちゃってもよかったんじゃないの？」

「いやー、じつは迷うところではありましたが……って、な、なぜ菜苗ちゃんがそれを知ってらっしゃるのかっ？」

「西泉から聞いたのよ」

「とほほ……西泉さん、スパイとしても一流だね」

今、この瞬間にも、目に触れないところでさりげなく彼女たちの安否を気遣っている戦闘執事の穏やかな顔を思い浮かべた。

自慢げに、菜苗が応えた。

「あったりまえじゃない。でなきゃ、あたしの付き人にはなれないっつーの」

期末試験が終わった直後、このはは、密《ひそ》かに千尋から呼び出され、恋人になってほしいと告白を受けていた。菜苗にだけはバレていないと思っていたのだが、どうやら甘かったらしい。

『ちゃんとふってくれて、ありがとう。だって、これでボクも先にすすめるじゃないですか。でも……ボクが好きだったってことだけは覚えておいてくださいねっ』

どんな心境の変化があったのか、校舎の裏で待っていた千尋はツインテールの髪をばっさりと切っていた。

ごめんね、という彼女の応えを予期していたかのように、千尋はさばさばと応え、笑顔で去っていった。

あくまで前向きで、男の子っぽく、元気いっぱいの美少年だった。

ただ、そのときには、もう誰を愛するのか心に決めていたのだ。夢で会った《このは》の記憶も、子供のころにたわむれた原っぱや小川の記憶も、すっかり思い出していた。

だから、たった一人のことしか考えられなくなっていたのだ。

「あんな変態でも……いやいや、あんな性格の人だからこそ、放っておけないっていうか、野放しにしては世間のためにならないっていうか……ううん、なによりも、やっぱり自分の気持ちに嘘《うそ》をつくのが一番いけないんじゃないかな、と」

今日の苑生と織人を見て、いよいよ決心を固めたのだ。

「なにげに、したたかになったもんよね」

「成長したって言ってよー」

「ふうん」

にんまり、と菜苗は笑い、予想通りの場所を見つめてきた。

「う、蔑《さげす》んだり、憐《あわ》れんだりするんだったらまだしも、そんな慈しみに満ちた視線をわたしの微乳に注がないでーっ」

「だって、そのラブリーな特徴がなくなったら、もうこのぴーじゃないじゃない？」

「そこまで言うかーっ。最高裁まで闘うぞっ」

「うふふ」

いつものようにジャレあいながら、ついに別れ道まできてしまった。

夕暮れが、二人の少女の頬《ほお》を赤く染めていた。

「そういえば、どこへ旅行に行きたいか、まだ西泉さんに聞いてなかったよ？」

「バカねー、あたしが行くとこだったら、どこでもついてくるに決まってるじゃない」

妙に艶《つや》っぽい、自信満々の応えが返ってきた。

「あ、そっか」

なぜかどぎまぎして、こくこくと頷いた。

「じゃ、またね」

「うん。またね」

何度も交わしてきた挨拶《あいさつ》のはずなのに、菜苗は照れたように唇をゆがめ、奇麗な切れ長の瞳を細めた。

「あたしも——あなたのこと、大好きよ」

くるっ、とふり返り、そのまま早足で立ち去っていった。いつのまにかあらわれた西泉が、にこやかに会釈だけ残し、あとを追いかけていく。

「…えっ？」

それが、あの運命の病室で、このはがみんなのことを大好きだと言ったことへの応えだと、しばらくして気がついた。

夕陽が目に染みた——。


珍しくドアをノックして、貴英が部屋に入ってきた。

「僕になにか用かい？」

いつもなら、彼女のクローゼットに仕掛けた秘密の出入り口を使って入りかねない男だったが、彼なりに特別な用件なのだと察知していたのかもしれない。

眼鏡《めがね》の奥に、繊細で、気弱げな光が灯っている。

二人の関係は、あれから確実に変化していた。その変化を一番切実に望みながら、同時に怖れている男の顔だった。

「お兄ちゃん」

このはは、かむかむ、と貴英をベッドの脇《わき》に招いた。

いつものように、Tシャツとスパッツという姿だった。

その真剣な瞳を、貴英は眩《まぶ》しそうに見つめた。

「なにかな？」

横に座り、ぎこちなく彼女の創造主が微笑む。なんて不器用な笑みだろう、とホムンクルス少女は思った。

どれほどの苦痛を一人でかかえてきたのか——薄皮一枚めくれば、傷つきやすい少年の素顔が覗けそうだった。

「ねえ、わたしを造ったこと、後悔してる？」

「いきなり、なにを言い出すかと思ったら」

くすり、と笑いかけ、貴英の口元が凍りつく。

「いや、後悔なんて、するはずがないじゃないか」

このはは目を閉じた。すっ、と今の言葉が胸に染み入ってくる。この一言が聞きたかったのだ。もう大丈夫だ、と思った。

「じゃあ、わたしのこと、嫌い？」

苦痛に耐えるように、一瞬、貴英の顔がゆがんだ。

ちがう、とその目が訴えていた。

そんな言葉を望んでいたんじゃない、と。

「……嫌いなわけがないじゃないか」

「今まで、辛かった？」

「辛いのは僕じゃなかったはずだ」

「ごめんね、お兄ちゃん」

「誰に謝ろうと、僕にだけは、謝ってはいけないよ、このは」

軽く唇を噛《か》み、貴英は横に首をふった。

「——謝ってはいけないんだ」

「そんな顔したってだめだい」

「……」

戸惑う貴英の首っ玉に、少女は抱きついた。

「本当は——お兄ちゃんが一番辛かったはずなんだからっ」

「このは…」

「わたし、本物の《このは》じゃない。本物の妹じゃない。兄妹愛なんて、そんなごまかしはもう通用しないよ。ダメなんだよ。自分に嘘をついちゃ。兄妹だとか、創造主と創造物だとか、そんなこと、どうでもいいよ。わたしはわたし、お兄ちゃんはお兄ちゃんなんだから」

この想いが伝わってほしい、とキツく抱きついた。たしかなのは、きっとこの気持ちだけだ。自分の直感を彼女は信じた。

貴英は、心にまで小細工はしていなかった。だから、これは本物だ。そんなことは、ずっと前から気づいていたことだった。

わかっていたのだ。

応えは最初から少女の中にあったのだ。

「お兄ちゃん、前に言ったよね？　わたしは、自分の判断で動くことのできる独立した人格《パーソナリティ》なんだって……だから、過去はともかく、未来は、いつだってわたしだけのものだよね？」

他の誰のために存在しているわけではない。自分のためだ。これから、いくらでも、自分のために生きることができるのだ。

過去も、未来も、今の気持ちも、ぜんぶ彼女自身のものだった。

ようやく、それがわかったのだ。

「自分の想いはごまかせないんだから……人を好きで好きで、どうしようもないって想いは、本物なんだから」

貴英とともに、生きていきたい。

これが彼女の下した結論だった。

愛する人とともに――。

《このは》が越えようとしても越えられなかった肉親としての壁を、彼女だからこそ、越えることができるのだ。

その勇気をくれたのは、その真実を教えてくれたのは、菜苗であり、千尋であり、苑生であり――そして、《このは》だった。

「好きだよ……お兄ちゃん」

ついに、言い切った。

しばらくして、貴英の身体《からだ》が寄りかかってきた。男の人の匂《にお》いと体温。押されて、ぱふ、と背中がベッドに軟着陸する。

真摯な瞳が、見つめてきた。

唇が、重なった。

ファーストキスだ。

（伝わったんだ）

そう思うと、嬉しくて涙が出そうになった。

そのかわり、にこ、と微笑んでみせた。

Tシャツをめくり、胸をはだけさせた。小粒な突起が二つあらわれる。一つを唇に含むと、ぴく、とスレンダーな肢体が反応した。

「あ…」

唇を半開きにして、軽く眉《まゆ》をひそめる仕草を、貴英は奇麗だと思った。試験管の中では、あれほど矮小《わいしょう》で、おせじにも美しいとは言えなかった彼女が、いつのまにこれほど奇麗に成長したのか、不思議だった。

みずから生みだした生物が、今、彼に組み敷かれて喘《あえ》いでいる。大きく開かれた股間《こかん》部分で、スパッツに覆われた少女の形がくっきりと浮き出ていた。

愛しすぎて目眩《めまい》がしそうだった。

舌先で弾《はじ》くだけで、ぷく、と乳首が隆起してきた。グミのような弾力に満ちている。舌に絡めながら味わった。

「あ……んっ……胸、いいよう」

舐《な》めながら、スパッツの隙間《すきま》に手を侵入させた。

触れるところは、どこもかしこも熱くなっている。腹筋が緊張で硬直していた。胸に快楽がはしるたび、ひく、ひく、と臆病《おくびょう》な動物のように蠢《うごめ》く。

柔らかなヘア。かすかに湿っている。さらに奥へと移動すると、少女の太腿《ふともも》が怖れと期待で緊迫した。

秘部にたどりつく。火照っていた。指先で触れただけで蕩《とろ》けてしまいそうなほど軟化した肉の扉だった。

傷つけないよう、慎重に弾力と手触りを愉《たの》しみ、めらり、と開いた。

「やんっ」

羞恥《しゅうち》と悦びで、このはの顔は紅潮していた。瞳が潤んでいる。オルゴンの昂《たか》ぶりがわかるのか、桜色の唇がかすかに震えていた。

「嫌かい？」

「ううん。わかってるくせに……意地悪だよ、それ。お兄ちゃんが造った身体が、どのくらい成長したか、ちゃんとたしかめて」

「いいとも」

中指を溝にあて、両脇の媚肉《びにく》で軽く挟み込んだ。マッサージするように、オルゴンを集束させるように、ゆっくりとこねていく。

くぅ、と甘い鳴き声が、貴英の耳朶《みみたぶ》をくすぐった。

第二関節あたりで敏感な突起を押し潰《つぶ》し、少女の欲情を呼び起こす。ぬるり、と分泌されてきた汁で指先が滑る。

指先から、このはが受信している官能の波が伝わってきた。

「あ…や…あんっ」

オナニーで開発された身体だった。愛撫《あいぶ》には敏感すぎるほどの反応を示し、ヌルヌルする蜜《みつ》をあふれさせていく。

濡れそぼった入口を探ると、そこには一際熱が集中しているようだった。窄《すぼ》まりがゆるみ、物欲しげに穴が喘いでいる。

「ずいぶんエッチになったんだね、このはは」

「お、お兄ちゃんが、こんな身体に造ったんじゃない」

「そうだったね」

「だから……もっと、責任とってね」

「喜んで、そうさせてもらうよ」

「…あっ」

貴英は、このはのスパッツに手をかけ、一気に脱がした。つるん、とした剥《む》き身の卵のようなお尻があらわれ、シーツの上で弾《はず》む。

「そのまま、脚を開いてて」

「うん……あ、待って」

「え？」

「今度は、わたしが感じさせてあげる」

ニッ、と瞳を妖《あや》しく輝かせ、笑いかけてきた。初々しいエロティシズムを感じさせる微笑みだった。

「お兄ちゃんの、舐めてあげるから」

くすくす、と愉しげな声を漏らしながら、逆に貴英を押し倒し、股間に小作りな顔を接近させてきた。

ベルトをゆるめられ、お返しとばかりにスラックスと下着を脱がされた。硬くなった逸《いち》物《もつ》が解放され、ぴんっ、と元気よく跳ね上がる。

オモチャを見つけた子猫のように、はしっ、と両手がそれを捕まえた。

「これが……お兄ちゃんのなんだ」

悪戯《いたずら》っぽく唇を舐め、薄く目を閉じ、ためらいもなく硬直を口に含んだ。あむ、と飲み込み、顔を上気させて奉仕していく。

「んっ……んっ……んっ」

どうやって練習したのか、それなりに滑らかな動きで頭部が上下する。処女であることは、さっき指先で確認したばかりだったから、よけい意外な感じだった。

健気《けなげ》にショートヘアが揺れる。

上手《うま》いというほどではないが、貴英を気持ちよくさせようと一生懸命だ。淫靡《いんび》で、不思議なほど胸をうたれる光景だった。

「……う」

妹の口で性感を掘り起こされ、思わず呻《うめ》いていた。すべてを許し、受け入れてくれている。そう思った。

ずきずきと甘酸っぱいものが腰からせり上がってくる。切なく、愛しい感覚だった。

貴英は、このホムンクルスへの想いをはっきりと自覚した。彼女を愛していた。本来、自分を罰するはずの存在なのに——だが、彼は救われていた。

贖罪《しょくざい》という言葉のなんと矮小なことか。

許すという言葉の、なんと軽やかで、力強いことか。

このはという、奇跡のような存在を目のあたりにして、貴英は、ようやく罪の意識に凍りついた心がゆるやかに溶けていくのを感じていた。

《このは》の呪縛《じゅばく》から解き放たれていく——。

「あっ……やっ、い、今そんなことされたら」

このばった肉茎から口を離し、このはは可愛らしく抗議した。

貴英は、身体をずらして少女の脚の付根を探っていた。フェラチオしながら興奮していたのか、媚肉は引っぱれば千切れそうなほど蕩け、あふれかえった愛蜜は内腿にまで滴っていた。

「だ、だめだったら、あっ、あっ、あぁっ」

ヌルヌルと溝にそって擦《こす》り上げるだけで、たちまち身体中に満ちたオルゴン・エネルギーが臨界点をむかえていくようだった。

螺旋状《らせんじょう》に絡みあうクンダリーニの蛇のように、貴英はシックスナインの体勢へ移行していった。

しばらく、お互いのものを無心にしゃぶりあった。

まだ幼さの残る淫部は洪水になっていた。快楽の色に染まり、テラテラと濡れ光り、気持ちよさそうに媚肉が喘いでいる。

淫核を吸いたて、伸ばした手で尖《とが》った乳首を揉み込むと、丸い双丘が、ぷるっ、と鳥肌をたてて震えた。

「やっ、やうぅぅっ」

ひく、ひく、ひく、と律動的な下腹部の痙攣《けいれん》がはじまる。屹立《きつりつ》に頬を擦りつけ、このは最初の頂点に達したようだった。

背中には、妖精《ようせい》のような翅《はね》が、幻想的な美しさで顕在化していた。

はっ、はっ、と切迫した呼吸を整え、このはぐったりとしている。もう我慢できなかった。身体の上下を入れ換え、腰で少女の膝《ひざ》を割った。

「入れるよ、このは」

「う、うん」

充血しきった亀頭を入口にあてがい、突き入れた。

柔肉を押しひろげ、めり込む感触があった。

「あ……あ……入っちゃう」

粘膜が目一杯まで拡張され、みち、となにかが裂けた。

処女が破られた決定的な瞬間だった。

「ひぅ」

ずる、ずる、とそれほどの抵抗もなく、猛《たけ》った性器は沈んでいった。たっぷり感じていたせいか、あまり痛みを与えずに済んだようだ。

根元まで埋まり、二人は繋がった。

「嬉しいよぅ……わたし、やっと、お兄ちゃんといっしょになれたんだね？　もう二度と離れ離れになることはないんだよね？」

「そうだ。もう、二度とは——」

囁きを真っ赤な耳朶に吹き込みながら、ふと織人の言葉を思い出していた。

『神でもないただの人間にすぎぬ身で、限りある生命を造ることは罪深いことだ』

貴英は、心の中で頷いた。

(わかってるさ、織人。いや、わかってるつもりだったさ)

ホムンクルスは、自然に反して生みだされた人工生命体にすぎない。不自然なものは、必ずしっぺ返しを食らうのだ。

だからこそ、ミミたんには、あらかじめ命のリミットを設けておいたのだ。

このはからの話から推測すれば、苑生にも、すでにその兆候が出ているようだった。

(苑生には、どのくらい時間が残されているだろうか？　そして、このはには？)

わかるはずがない。人間は、しょせん神になどなれない。

もはや許しを乞《こ》おうとは思わない。罰を求めようとも思わない。祈るだけだった。少しでも長く二人で生きていけるように——と。

動きを催促するかのように、少女の腰が蠢いた。

貴英は、歓喜とともに応えた。

「あっ、あふっ、うっ、あっ」

秘処を射貫《いぬ》き、ベッド上に縫いつけた。めくれたTシャツから微乳が覗いている。快楽の強さをあらわすかのように硬く尖っていた。

スレンダーな肢体を前後に揺する。発情したカマドをかきまわし、複雑な起伏を擦りたて、衝動のままに腰を撃ち込みつづけた。

「んっ、んっ、んっ、んあああぁぁぁっ」

小柄なボディが、釣られたばかりの若鮎《わかあゆ》のように躍り、弓のごとくしなった。熱い太腿を貴英の腰に絡みつかせ、びくっ、びくっ、びくっ、と暴れさせた。

二度目の絶頂だった。

「くっ」

貴英も放っていた。強烈な愉悦が背筋を駆け上がり、脳髄を狂わせていく。どくどくと大量の精液が少女の膣内《ちつない》に注がれていった。

それでも、萎《な》えることはなかった。このはも求めていた。肌が触れあっているだけで、果てしなく欲情が湧《わ》き起こってくる。とうに理性など消し飛んでいた。

全裸になり、快楽を貪《むさぼ》りあった。

粘膜をぶつけあい、おびただしい量の体液に二人ともまみれた。背後から繋がり、尻を鷲掴《わしづか》みにし、胸を揉みたて、唇を吸いあった。

「お兄ちゃん、い、いいよ、すごく気持ちいいよぅ」

お互いの身体か、どこまで自分のものか、曖昧《あいまい》になり、区別がつかなくなってきた。性感すらも共有しているようだった。

「あぁぁぁっ、また……またイッちゃうよぉぉぉっ」

ホムンクルス少女の尻をかかえ、貴英も何度目かの精を炸裂《さくれつ》させていた。脳が沸騰し、視界が白く弾ける。

「こ、これは……」

そのとき、鮮やかなビジョンが目蓋《まぶた》に浮かび上がっていた。

中央に天使が立っている。左右に月と太陽を従え、両手にはＤＮＡのように二匹の蛇を絡みつかせた剣を握っている。背中には雄々しき羽を生やし、股間には両性具有の証であるペニスが——。

錬金術の秘儀を象徴するビジョンだった。

（天の示すものは地上に見いだされる。水と火は相反する。汝《なんじ》、もしこの二つを結合することができるならば……そうか。錬金術の神髄はあらゆる物質の結合……卑金属を変成させ、貴金属へと変えていく。そして、その最終目的は、術師自身の変成。宇宙と一体化し、男女の陰と陽を兼ね備えた存在になること）

道は果てしなく遠く、そして、険しい。

だが、行く価値はある。

彼女とならば——。

なにかに、優しく抱かれるような感覚があった。目を開くと、柔らかく、大きなものにつつまれている。それは二人を覆い尽くし、きらきらと祝福するような燐光《りんこう》を放って輝いていた。

半透明な薄青色に輝く、二枚の翅だった。

（ああ、わかったよ……ようやく、愚かな僕にもね）

恍惚《こうこつ》感と幸福感が、全身に染み渡っていった。


「ねえ、旅行、どこ行こうか？」

長い絶頂の陶酔から覚めると、やたら照れ臭そうな表情で、このはが聞いてきた。

「え？　そうだね…」

考えあぐんでいると、待ちきれず、提案が呟かれた。

「空気のいいところ……昔遊んだ、あの小川のある場所へ行こうよ」

ああ、と貴英は頷いた。やはり、彼女は昔のことを思いだしていたのだ。あたりまえだった。記憶操作など、彼はいっさいしてないのだから。

彼女は、みずから過去の記憶を封印していたのだ。親戚中《しんせきじゅう》の家をたらいまわしにされていた、不遇な、と同時に残酷なほど幸せだった、なにも知らなかったころの記憶を——。

それでも、貴英を許してくれたのだ。

「どこにだって行けるよ、君とだったら」

そう応えた。

含羞《はにか》んだ少年の笑顔で——。

エピローグ　君のスマイル

世界を紅に染め上げる、奇麗《きれい》な夕陽だった。

郷愁を含んだ風が、黄金色の草むらをないでいる。

広大な原っぱで両膝《りょうひざ》をかかえて座り、このはは待っていた。

あの人がやってくるのを——。

「奇麗な夕焼けだなぁ」

「……そうだよねぇ」

すぐ傍らから、声がした。

ふり返らず、挨拶《あいさつ》した。

「やっと、会えたね」

「うん」

《このは》が、そこにいた。

「あれから出てきてくれないから、もう会えないかと思ってた」

「けっきょく、最後まで眠ったまんまで失礼しました」

「いーえ、可愛《かわい》らしい寝顔でしたわよ」

「おんなじ顔に言うかなー、それ？」

ぷっ、と二人で笑い、顔を見あわせた。

このはと同じように、《このは》はショートスカートからすんなりと伸びた両膝をかかえている。白のTシャツとピンクのジャケットというおそろいの格好。髪も同じくらいに伸び、二人ともボブカットになっていた。

今では見分けがつかないほど、そっくりだった。

「本当はね、会うのがちょっと怖かったんだよ」

「どうして？」

「絶対、怒られるって思ってたから。でも、それもしょうがないかなって」

「怒るわけないじゃない。だって、あなたがいたから、わたしは生まれることができたんだよ。過去は過去。未来は未来。気にしたってしょうがないもん。もっとお気楽に考えなくちゃっ」

眩《まぶ》しそうに《このは》が見つめてきた。

「そんな優しいところに、お兄ちゃん、惹《ひ》かれたんだよね、きっと」

「そ、そんなことないよ。わがままになっただけだよっ」

「気持ちのいいわがままだよ」

照れてしまい、このはうつむいてしまった。

「あの……ごめんね」

「え？　なに？」

「だって…」

ぶちぶちと地面の草をむしった。

(わたしだけ、幸せになっちゃって、ごめんね)

本当は、そう言いたかった。傲慢な言葉だと、わかっていた。《このは》に同情したり、憐《あわ》れむ権利など、誰《だれ》にもないのだ。

彼女は彼女自身の人生を選んだだけなのだから――。

わかってる、と言いたげに、《このは》が頷《うなず》いた。苦しみも、悩みも、喜びも、口に出さなくても、みんなわかってる、と。

このはムキになり、ぷっ、と唇を尖《とが》らせた。

「お兄ちゃんも、菜苗ちゃんも、あなたも、みんな優しすぎるよ……好きな人を傷つけたくないからって、自分だけ傷ついて……だから、わたしだけは、うんとわがままになることに決めたんだよ」

むしった草を、目の前で、ふっと吹き飛ばした。

ゆるやかな風に乗って、原っぱに散っていく。

その先に、もしかしたらここで会えるかも、と期待していた人たちが立っていた。滲《にじ》みそうになった涙を慌ててぬぐう。

「苑生さん……ミミたんっ」

「二人のこのはさん、こんばんは」

「みみー、みみみみー［ひさしぶりに会えたんだ。泣かないでくれ」」

「な、泣いてなんかいないよっ」

「みみー…［そうだな。このはは強いから…」」

「強くもないやいっ」

「あまりミミたんを困らせると、めっ、ですよ」

ミミたんを前抱きにしていた苑生が、ぷくっ、と頬《ほお》を膨らませた。

「えへへ。いきなりヌイグルミに戻っちゃったから、ちょっとすねてみただけだよー」

「みみー…みみみー［悪かった……。だが、このはの涙だけは見たくなかったんだ」」

「でも、また二人に会えて、嬉《うれ》しいよっ」

立ち上がり、抱きつこうとして、《このは》に優しく肩を止められた。

「……どうして？」

応《こた》えず、《このは》が、別のことを呟《つぶや》いた。

「お兄ちゃんはあげるから、わたしはミミたんをもらうね。いいでしょ？」

そう言って、苑生のところまで滑るように歩いていった。

「…うん」

弱々しく頷き、このはは理解した。

今回は特別な夢だった。

もう、あまり時間がないのだ。

「わたしたち、いい友達になれたかなっ?」

ほんの数メートルの距離が無限に感じられ、叫ぶようにして問いかけてしまった。

ざわざわと草むらが騒ぎだした。

「あたりまえじゃない」

「もちろんです」

「みみー〔当然だ〕」

まだいくらでも話したいことがあったはずなのに、このはは、それだけで胸がいっぱいになったような気がした。

どれほど言葉を尽くしても、届かない想《おも》いがある。逆に、たった一言で、満たされてしまうこともある。

苑生さんは、あいかわらず奇麗で、健気《けなげ》だった。

ミミたんは、あいかわらず侠気《きょうき》にあふれていた。

それで充分だった。

「じゃあ、お別れだね」

《このは》の声が流れてきた。

「…うん」

「さようなら」

「ちがうよっ。またね、だよっ」

　このはの主張に、全員が頷いた。

「またね」

「それでは、また」

「みみー［元気でな］」

「うんっ。またねっ」

　沈む間際の夕陽が、眩《まばゆ》すぎるほど輝き、三人の姿を飲み込もうとする。タイムリミットがきたのだ。

　無駄と知りつつ、追いかけたかった。脚は根が生えたように動かない。唇を噛《か》みしめ、最後まで見届けようと目を細めた。

「そ、苑生さん、おりりんに伝えたいことってあるかな？」

「……最後まで、苑生は幸せでした、と」

「うん。わかったよ。ミミたんは——」

「みみー［俺に気遣いは無用だ］」

「そうだったね……じゃあ」

《このは》のシルエットを見つめた。

「お兄ちゃんに、なにか伝えることはあるかな？」

《このは》は微笑《ほほえ》んだようだった。姿は消えつつあるのに、それがとびっきりの笑顔だと、このはにはわかった。

「お兄ちゃんに、伝えて――一言だけ」


がたん、とタイヤがわだちを踏み、うたた寝から覚醒《かくせい》した。

頬が、逞《たくま》しい背中に密着している。ぬくもりが心地よかった。土手を走っている。想い出の原っぱへとむかう道だった。

荷台から落ちないよう、ぎゅっ、と貴英にしがみついた腕に力を込めた。

レンタル自転車での二人乗り。夢の余韻がまだ残っていた。いつのまにか涙がこぼれていることに気づき、ぐいぐいと兄の背中になすりつけた。

「もうすぐだよ、このは」

「うん」

あの夏休みの旅行から、すでに六年の月日がたっていた。いろんなことがあった。嬉しいことも、哀《かな》しいことも、たくさんあった。

旅行の直後、苑生の体調が悪化し、不意打ちのように帰らぬ人となってしまった。見舞いすらも間に合わなかった。

織人は、こうなることがあらかじめわかっていたようだった。哀しげに微笑み、これも運命だ、とこのはの目を避けるようにして呟いた。

苑生との想い出が残っている場所には未練がなかったのだろう。すぐに屋敷を処分し、彼女が拾ってきた子猫とともに遠くへ引っ越してしまった。

菜苗は、卒業直後に、西泉との婚約を発表してこのはたちを驚かせた。だが、両親の猛反対にあい、マンションを捨てての駆け落ちとなった。

追撃する日御子家の刺客を西泉が撃退するという波乱万丈な逃避行の末、祖父の仲介によって、ようやく二人の結婚は認められた。

ある意味、いかにも菜苗らしいエピソードだった。

そして、眠り姫の《このは》は——。

それを病院から知らされたのは、ほんの数日前のことだった。


訪れたのは、これで二度目だった。

原っぱには秋の気配が漂っていた。

《このは》と最後のお別れをするには、一番ふさわしい場所だった。気落ちしていた貴英を引っぱってきたのは彼女だ。ここでなければいけないような気がしたのだ。

すっ、と息を吸い込み、空を見上げた。

茜色が目に染みた。

「ねえ、お兄ちゃん」

「なんだい？」

「伝言があるの」

ふり返り、笑いかけた。

彼女たちからもらった、とびっきりの笑顔だった。

哀しいときには笑おう。寂しいときにも、苦しいときにも笑おう。それは、ぜんぶ彼女たちに教わったことだった。

信じていれば、いつか、誰かに想いは届く。ここだよ、わたしはここにいるよ。わたしたちの居場所はここなんだよ——と。

子供のように無邪気な笑顔は、もう失った。

だから、新しい笑顔で笑おう。

そうすれば、自分を見失わず、どこへだって羽ばたくことができる。

そう、教えられたのだ。

「……ありがとうって」
苑生のような兆候は、今のところ、このはにはあらわれていない。まるで《このは》から未来をもらったかのように――。

終了

あとがき

たまにはラブコメも書きたいなぁ、と――そんな心の声が天に届いたのか、「このはちゃれんじ！」をノベライズにするお仕事が舞い込んできました。

プレイしてみると、しみじみといいゲームです。『ハイテンション系ラブコメ』の名に恥じません。導入部からさんざんギャグで感情移入させておいて、ラストでほろりとさせる憎い演出。どのキャラも個性たっぷりで魅力すぎです。

ミミたん、もっと活躍させてあげたかった。貴英の変態錬金術師ぶりも、もっといっぱい書きたかった。菜苗とみすず先生が西泉を取り合うシーンとかやってみたかった。（自分の未熟さはおいといて）まだまだ書きたりない、まだまだ遊びたりない、と思いながら執筆する毎日でした。

ともあれ、パラダイムノベルスでの過去二作品とは、また毛色がちがう作品をお届けすることになりました。

楽しんでいただければ作者としても嬉しいです。

二〇〇二年二月二八日　この本が出るころには花見のシーズン♪

三田村半月

このはちゃれんじ!

2002年3月25日 初版第1刷発行

著　者　三田村 半月
原　作　ルージュ
原　画　ことみ ようじ

発行人　久保田 裕
発行所　株式会社パラダイム
〒166-0011東京都杉並区梅里2-40-19
ワールドビル202
TEL03-5306-6921 FAX03-5306-6923

装　丁　林 雅之
印　刷　図書印刷株式会社

乱丁・落丁はお取り替えいたします。
定価はカバーに表示してあります。

既刊ラインナップ

定価 各860円+税

1 悪夢～青い果実の散花～
2 脅迫
3 痕～きずあと～
4 慾～むさぼり～
5 黒の断章
6 淫従の堕天使
7 Esの方程式
8 歪み
9 悪夢 第二章
10 瑠璃色の雪
11 官能教習
12 復讐
13 淫Days
14 お兄ちゃんへ
15 緊縛の館
16 密猟区
17 淫内感染
18 月光獣
19 告白
20 Xchange
21 虜2
22 飼
23 迷子の気持ち
24 ナチュラル～身も心も～
25 放課後はフィアンセ
26 骸～メスを狙う顎～
27 朧月都市
28 Shift!
29 いまじねぃしょんLOVE
30 ナチュラル～アナザーストーリー～
31 キミにSteady
32 ディヴァイデッド
33 紅い瞳のセラフ

34 MIND
35 錬金術の娘
36 凌辱～好きですか？～
37 MydearアレながおじさんMydearアレながおじさん
38 狂＊師～ねらわれた制服～
39 UP!
40 魔薬
41 臨界点
42 絶望～青い果実の散花～
43 美しき獲物たちの学園 明日菜編
44 淫内感染～真夜中のナースコール～
45 MyGirl
46 面会謝絶
47 偽善
48 美しき獲物たちの学園 由利香編
49 せ・ん・せ・い
50 sonnet～心かさねて～
51 リトルMyメイド
52 flowers～ココロノハナ～
53 サナトリウム
54 はるあきふゆにないじかん
55 プレシャスLOVE
56 ときめきCheckin!
57 散櫻～禁断の血族～
58 Kanon～雪の少女～
59 セデュース～誘惑～
60 RISE
61 虚像庭園～少女の散る場所～
62 終末の過ごし方
63 略奪～緊縛の館 完結編～
64 Touchme～恋のおくすり～
65 淫内感染2
66 加奈～いもうと～

67 PILE・DRIVER
68 Lipstick Adv.EX
69 Fresh!
70 脅迫～終わらない明日～
71 うつせみ
72 Xchange2
73 M.E.M.～汚された純潔～
74 Fu・shi・da・ra
75 絶望～第二章～
76 Kanon～笑顔の向こう側に～
77 ツグナヒ
78 ねがい
79 アルバムの中の微笑み
80 ハーレムレーサー
81 絶望～第三章～
82 淫内感染2～鳴り止まぬナースコール～
83 螺旋回廊
84 Kanon～少女の檻～
85 夜勤病棟
86 使用済～CONDOM～
87 真・瑠璃色の雪～ふりむけば隣に～
88 Treating2U
89 尽くしてあげちゃう
90 Kanon～the fox and the grapes～
91 もう好きにしてください
92 同心～三姉妹のエチュード～
93 あめいろの季節
94 Kanon～日溜まりの街～
95 贖罪の教室
96 ナチュラル2 DUO 兄さまのそばに
97 帝都のユリ
98 Aries
99 LoveMate～恋のリハーサル～

〈パラダイムノベルス新刊予定〉

☆話題の作品がぞくぞく登場！

145. 螺旋回廊 2

ruf　原作
日輪哲也　著

　ネット上に存在するといわれる謎の組織「EDEN」。誘拐や陵辱など、非人道的なことにまったく罪悪感を感じないEDENの人々に、大切な恋人や肉親が狙われてしまう。あの悲劇と恐怖が再び繰り返される!!

148. 奴隷市場 Renaissance

ruf　原作
菅沼恭司　著

　17世紀。ロンバルディア同盟は地中海を巡って敵対するアイマール帝国へ、全面戦争回避のための全権大使キャシアスを派遣した。そこで彼は奴隷として売買される3人の少女と出会う。